U0113287

千载一时

时大彬汉方壶拓本题咏册考

陈圣泓 著

中华书局

图书在版编目(CIP)数据

千载一时:时大彬汉方壶拓本题咏册考/陈圣泓著.—北京:
中华书局,2012.10
ISBN 978-7-101-08252-4

Ⅰ.千… Ⅱ.陈… Ⅲ.古典诗歌-作品集-中国-清代
Ⅳ.I222.749

中国版本图书馆 CIP 数据核字(2011)第 207448 号

书　　名	千载一时——时大彬汉方壶拓本题咏册考	
著　　者	陈圣泓	
责任编辑	朱振华	
出版发行	中华书局	
	(北京市丰台区太平桥西里 38 号　100073)	
	http://www.zhbc.com.cn	
	E-mail:zhbc@zhbc.com.cn	
印　　刷	北京瑞古冠中印刷厂	
版　　次	2012 年 10 月北京第 1 版	
	2012 年 10 月北京第 1 次印刷	
规　　格	开本/787×1092 毫米　1/16	
	印张 12¾　字数 100 千字	
印　　刷	1-1500 册	
国际书号	ISBN 978-7-101-08252-4	
定　　价	180.00 元	

目 录

跋 一 潘持平

跋 二 崔莉臻

跋 三 金立言

序 一

汪寅仙 紫砂研究员级高级工艺美术师
中国工艺美术大师
国家级非物质文化遗产项目紫砂陶
制作技艺唯一代表性传承人

　　春节前夕，收到老朋友收藏家陈圣泓先生寄来的《千载一时——时大彬汉方壶拓本题咏册考》稿本，得知他拟将其出版成书。我作为一个紫砂从业者，内心感到十分高兴，因为这是一件了不起的大好事。时大彬确实是紫砂界了不起的宗师，供春之后，他被称为壶家三妙手之一。他也是紫砂史上开辟新局的重要人物，将大壶改小壶，从泥料的配制及调砂，成型技法的改革到工艺的演进，以及在壶体上刻名款，从而把紫砂技艺与文化结合交融。他的作品厚重、质朴、古雅，紫砂历史上早就有"宫中艳说大彬壶，海外竞求鸣远碟"的赞语，为紫砂文化奠定了较高的基础。在《千载一时——时大彬汉方壶拓本题咏册考》中可以看到，时大彬在明代万历年间与社会上层的名人雅士有着广泛的交往，他的壶艺文化受到文人雅士较多较广的影响，他的主要活动在明代万历年间，逝世于明末，因此对他的历史有了一个比较清晰的定格。

　　圣泓先生将历史上许多名人对时大彬作品的题咏深入研究考证，付梓在即，要我写序。由于我的知识浅薄，不能算序，只能发表内心的一点感言。圣泓先生是宜兴人，他怀着对家乡的热爱，对紫砂文化情有独钟，他不仅爱好收藏紫砂器，对紫砂有关的诗、书、画和文献也都竭力搜集。唐云先生当年收藏的不少关于紫砂的文献资料，如《曼生二十品》等珍贵手稿本、原版的《阳羡名陶录》及《阳羡砂壶图考》等大都已转由圣泓先生珍藏。这本《时大彬汉方壶拓本题咏册》就是他花高价在拍卖行拍来的。他怀着对家乡宜兴紫砂文化的热爱，把许多珍贵资料奉献出来，并投入很大的精力，反覆推敲，整理汇编出版。他高尚的性情及崇高的境界令人钦佩。我作为一个紫砂从业者深表感激，向他学习，向他致敬！

他做了一个我们没法做到的大好事。记得1997年香港中文大学文物馆，为清代杰出的紫砂花货大师陈鸣远举办作品展，并做了一次比较系统的研讨会，出了一册《紫泥清韵》的书。2005年12月，还是在香港中文大学文物馆，举办了《陈曼生诗书画壶印》的作品展，也做了一次比较系统的研讨会，然后也将展品整理汇编出版。圣泓先生为明代紫砂杰出人物时大彬出这本专著，相比前两者更为困难，因为历史更久远，资料更难找。做好这本书是一个很大的工程，这是圣泓先生为紫砂文化与历史增添的光辉篇章。

紫砂文化源远流长，紫砂技艺代代相传。紫砂文化兼容有中国文化多种元素，这是中国陶瓷为世界人民作出的贡献。没有传承，就没有文化基因；没有创新，就没有艺术超越。我们遵循传承创新精神，让紫砂为人类文明作出更大贡献。

辛卯正月元宵节

序二

徐秀棠 紫砂研究员级高级工艺美术师
　　　　中国工艺美术大师
　　　　中国工艺美术学会紫砂专业委员会会长

　　本书著者陈圣泓先生自二十余年前相见相叙以来就成为我对"紫砂文化"学习、思考、研究的催进者之一。

　　在朋友的引见下，陈先生第一次来陶庄参观，在叙谈中知道他极富艺术品的收藏，对当今紫砂现象、状况也有所了解。当论及紫砂历史文化时竟出乎所料，对《阳羡茗壶系》、《阳羡名陶录》、《砂壶图考》、日本的《阳羡名壶图录》多曾研读，对时大彬、陈曼生等紫砂名家多已在做有心的收集、研究，我窃喜"紫砂工艺从业"之外又多了一个紫砂文化研究的知音。因为我总担心，专心"炒作"、空说着的"紫砂文化"、"紫砂艺术"，就会像个偌大的气球，总有一天会遇到挑剔，必然爆碎，紫砂艺术的价值就会受到莫大的伤害。我一直认为，只有对紫砂文化的深入研究才能使紫砂艺术认清自身的健康之路，才能真正体现紫砂艺术品的价值与价格所在。

　　2008年西泠印社的春季拍卖会上，"千载一时"的真本册页被圣泓先生以五十余万元人民币拍得。他是志在必得，因为他除一流名家书画收藏外，也极偏爱紫砂文化及有关文人书画典籍方面的收集，对陈曼生的有关书画及书信更是极其关注，表明他已有研究紫砂文化的总体策划，并有心在集结资料。

　　一直以来，凡是他觉得有用之资料，凭借他的经济条件慷慨投入，这也使紫砂有用资料可以相对集中，为系统研究创造了条件。

据我所知，台湾"成阳基金会"及"香港中文大学罗桂祥基金会"曾联合举办了有关陈鸣远、陈曼生的专题研讨会。去年，组织者宋信德先生在征求下届活动有关内容意见时，我也提出来研究时大彬的想法。这次圣泓先生拟出版《时大彬汉方壶拓本题咏册考》一书，实际上已为这个研究收集了有关文字资料。圣泓先生是一个有经济条件，又具学识与兴趣，更是专心于紫砂文化研究的有心人。所以这本书比以往的研究资料更有序，更齐全，更具系统资料性，这将对时大彬壶艺、大彬壶出土品的进一步认识，对时壶传世作品进一步认定，对著录中大彬壶的分析，有了一个较为全面的基础，并将对紫砂文化艺术的根本所在的研究起到了实质性的推动作用。作为紫砂从业者，应该在这里对圣泓先生说声谢谢。

我一直认为无论是"紫砂技艺"、"紫砂文化"的研究，时大彬都是重点中的重点。时大彬对紫砂技术、技法、技艺的成熟并传承，使子孙后代得益匪浅。时大彬与文人学士的紫砂情感的因缘对紫砂工艺文人化的发展起到正道作用。历史专著中有关褒贬之说也可使我们进一步了解此人、此壶、此艺的价值。在紫砂的现实生产中，从解放前紫砂大宗生产产品"龙蛋壶"、"寿星壶"盖子上印着长方木章印记"时大彬制"，到"宫中艳说大彬壶"的诗词吟咏，都足以说明对时大彬研究的广泛深入的必要。

导 读

陈圣泓 著名造园学家、教授
筑原设计机构[ARTMAN GROUP]创始人

紫砂自北宋发展至明清两朝，由于文人雅士的推崇及参与而逐渐进入发展史的全盛时期。关于紫砂文化记载的典籍，最早出现在明代。明天启年间，江阴周高起著有《阳羡茗壶系》；清乾隆年间，海宁吴骞著有《阳羡名陶录》；近代有南海李景康、张虹合撰《阳羡砂壶考》。这些前人宝贵的紫砂典籍是研究明清紫砂文化的重要文献，为后人的研究工作提供了线索和依据。

明中晚期，经过前朝历代经济文化的积淀，文人所崇尚的是一种精致而随性的生活美学。在这一特殊的历史背景下，吴颐山、文徵明、沈周、陈老莲、董其昌等相继参与到宜兴紫砂及茶文化之中。直到陈继儒、王世贞、王锡爵、高士奇等名士赋予时壶儒雅风流的气格，首开时大彬文人壶之先声。中国文化特有的哲学思想及艺术造诣从此深深融入紫砂器物，从而使得宜兴紫砂这一朴素的世俗实用器物走进了中国传统文化艺术的殿堂。

关于时大彬紫砂壶，明万历年间许次纾的《茶疏》上已有记载："往时龚春茶壶，近日时大彬所制，大为时人宝惜……"清初王士禛《池北偶谈》曰："近日一技之长，如雕竹则濮仲谦，螺甸则姜千里，嘉兴铜炉则张鸣岐，宜兴泥壶则时大彬，浮梁流霞盏则吴十九，皆知名海内。"可见时大彬壶在明末清初已是名士祈求的雅物。清中叶张廷济在其所藏汉方壶拓本上题曰："时少山壶，千假一真，此吾里王幼扶进士旧物，粗砂细做，形式古朴，字画端谨，如此方是一时真迹……"据此可知，在乾嘉年间要见到一件真的时大彬壶已非易事。再从历年各地晚明古墓中出土的署名时大彬款的砂壶来看，从形制、做工到铭刻，风格各异，千差万别，已经到了赝鼎充斥、真假难辨的程度。时大彬生平距今虽然不过四百余载，然而已被考证的传世作品却是极其罕见。

著名藏书家吴骞题签"千载一时"的《时大彬汉方壶拓本题咏册》是我相关紫砂文献资料收集中最为心仪的一件藏品。在二十多年的紫砂收藏历程中，至今虽与大彬砂壶无缘，然而每次我展册研读，心驰神往，似乎弥补了这份遗憾。此册计有张廷济、吴骞、陈鳣等十六位清嘉庆道光年间著名文人学者的题咏。文人胜事，寄兴咏壶，流传有绪，它是清中学者咏壶盛赞紫砂的珍贵史料。

我依据张廷济藏《时大彬汉方壶拓本题咏册》考证撰著，试图通过《拓本题咏册》的真实流传迹象，研究解读时大彬其人其壶以及清中期文人学者参与紫砂文化的盛况。我始终觉得对时大彬及大彬砂壶的研究将是紫砂工艺及紫砂文化研究的永恒课题，他独特的感染力将随着日后研究成果的深入而焕发其光华。《千载一时——时大彬汉方壶拓本题咏册》是紫砂文化发展轨迹上的一座重要的里程碑，它赋予了宜兴紫砂器深邃的文化气息以及大彬砂壶在文士学者心中的地位和价值。

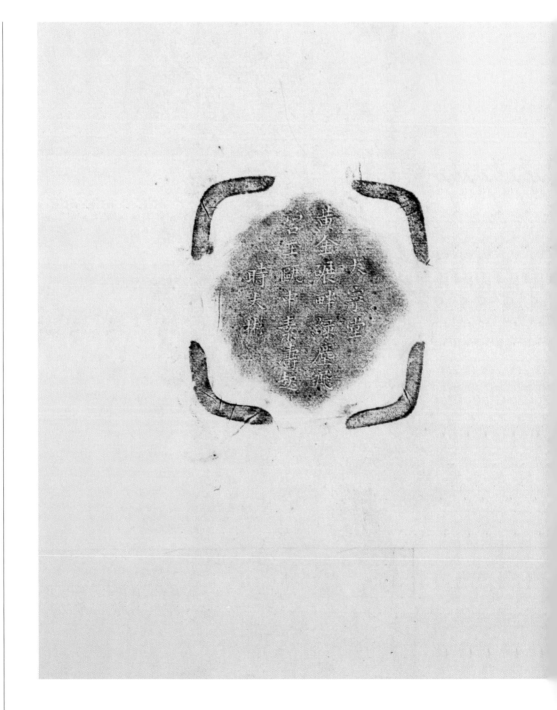

時少山出壺千假一真此吾里王幼撲進士舊物窯沙細倣形式古樸字

畫端謹如此方是一時真蹟余購得後題詠頗多兔牀山人收如入陽羨

名陶續錄未盡也

林宋張廷濟

绕舍泉清冷，南风急片帆直我二遥指防风围

官斋檐际流涂茶程无相对同煎啜

武林汪雪庐孝廉与达尊同舟　中坐阮夫子

门下士嘉廿又戊午雪庐以停行贡入咸均是秋

廷对举于乡因又为同岁友今牵　西月十三日

雪庐京都小舟冒雨来至与自白浦来访廷对出

是岁论茗雪庐教赏甚玉右诗于胃中减

官之名篇物替天寿入邗沟而为名湖垣重钞录

入册以志旧雨古骚与会不浅此牟与雪庐

春水听雨肯言萃共诉不尽大稚枏无又甲戌

甲子除夕灯夜诚于八瓬精舍

少山方茗壺其實涵半斗名陶出天秀此水涵
春冰良工舉手見圭角郇稧便學蘸摹稜稜
鐵若肯論正士性情温亮神堅漱風塵渝兮澄
濬見此真書世字銘飛庇削竹塊亥剸妙入神
不行蘆刀解剸雖王漾郇釣藤匜封歲久竟
陶陽長玄甀精舍秋雲靜我素正值梅華
凡撝壺肯穿不釋手荊樸大何撮朵旬春雷作
空臞四破花點硐砂燦翠罘幾經兵火完不缺
臨老色癯有神雲巫守辟技堪為一代師姓名猶
冠陶人肯玄圖美士毒如美人筆韻幽潔肌理
巧珍珠琭圅日西子便應掃郇娥眉摹又閟
相壺為相馬凡骨攬壽勢羚羊石兩一耙獲
就煙土羹驪黃皆在下多貴好古譬別稀
枚羅羡井碏陳派橫紙窗甖茗志毫石煙篁

句湾通神細書精刻藏頭以肋壺辰
金碾畔云之歐陽 刻黃
天思了句此 我今對之載舊雨 君

習岛以張新軍商周吉金粲頭列
殿以瓦注光璘彬 林末藏方銅壺芳壺
花甚彩

亏為榯賀雖但遵逵賢主人 余昔日圖
趙王孫以嬶君家小阮心石賦詩先之云我兒不重重而惠壺花同里
亇更得賢主人与此壺之焔 林末皆得其存
隂尔王氏藏時少山壺有年矣余為邑

少山作器之不窳罨壺□邊□輕

土後來規倣千載家亟此形模□

高古此壺茲壽瑯瑯王欝林之

石青浦裝情觀童雅摩少擧憤

賦詩共酌春泉魯藝林勝事誠

北偶一邾亮廣名士□清儀閱以攜

李真亭罍麗茶烟浮竹牖盧陵□

之味而情文相生有如是也嘉慶

甲子除夜竹岑沈銘彝并識

附錄順陰朱王古期弟舊咸詩 正

汲泉煮茗當高人把玩宜壺物絕倫雅

稱郊寒僧陸羽間今小与益甃春莲廬

季阅張添静舊屨遺簪散忘珍怪底

盛名侍藝事鈒錒廿字撼精神

之取以瀹茗為賦長句紀其事友人嘗見

紫依韻重和因為賞玩今年春壺為 延信葉七年春 應作壬午秋

林末解元丙戌日賦詩四章為諸同人和作見

紫壺前題以贈朱則誘之而未暇以為

也秉筆云暮 林末書未敦促前約延

走筆此此不獨記為 林末風雅之盛

好古之緣亦以見念舊述懷即一

楷字逦钩六一铭素盏雪把海蓄庭摩

笔法物供清 秘居花高周 鬲鹿真斬聚德

星三雅便堪称伯仲 壹皆右津二爱以甑董 季勤以石右曰一以

可载图经同时好手龚春在怎及笔名麟

大字

入室芝棠臭味聊松风竹火自年之尋

监研小霱葛谐时秉葛见喜好宝庵东懔 遥访附裘

辛未三表壶日时大彬方壶命小阮心石图之装

沁咸册自陆长句四字过我索题遂依韵以

报

陶家妙手重时壶罄腹尊体裹殊合许王

敦先孝节 时雪泉王未宾李贺浮操舣投 子左座

图忆觉楚晔谿汪水筷镏渭响枯今日埭

沙真见宝喚仿紫泓旧形摸

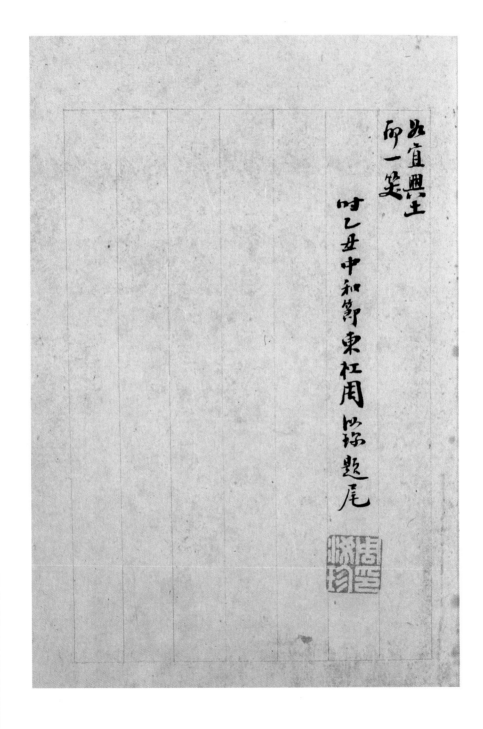

昔缘壺向名澄門變便去若是玉傾來不

數酒水泉旦陵沈約俱名士寧遍張為

主家區雲廬老廛竹苓廣文父曰題卅

淘洗詩腸興未賒名壺以合配名茶買四

陽巖嘯坡茗博士荊南記大家自向竹

窗排石塢更隄棄芋試雲花東塵萬斛

芝雜溪之與童兒汲井華味未入都中說

而回東洛塵口

銅腥鐵澁不宜泉此物坡公見

亦憐學士石銚同鄭重解元

凡注要矜全湯喚聲價雷鳴

賤間試槍旗雨摘鮮沸雪僧廬

訪君去他時一借問茶禪

未未相元康新　乙丑夋仲

花湖病漁朱休度時年七十又四以癈子拓

改筆䟡跙去之都不成字也一哂

嘉慶乙丑四月廿又二日錢善揚觀

可惜儋州禿鬢翁買田陽羡
話成空此山寶氣夜誰識厥土
精英吉在中便有陶人千手揑
迻傳旅事一時工粗泥細做矜
為秘不藉笵模自劾功

其下藝成亦自貴善媲衛嬰賈

一壺真千金過眼迈實實君其

什襲之副以伯仲雅

乙丑長至日題事

对未仁兄正之

按谷愚弟曹三選

張子嗜奇古尊彝遂甎瓦近得

時氏壺罎椎手撫寫其器雖晚

生重若鼎鑄夏想當摶沙時五

精入陶冶功既火水濟色不金石假

方外於塵隔妥中妙傾瀉青流嚼

奮為有鑒平批馬古澤矞有騕

况肌滑雖把金硯碧玉甌比例識

杯謀淺醉慶吉有奇癖不求示不恔示我方壺圖銘

鑴二十字作者自署名時半推能事量差五石瓠村

埒四升觯遇合不可知蒼涼閱塵肆太原賞鑒精

摩挲想備丞 舊藏王隱泉進士家轉徙落君手金石相位置君

家伯仲賢甌魝以類萃幾同雅迻三吳翅岳用貳言

晤動經牽惜別殊苦易何當拂拭加座右面其

鼻蟹眼沸聲兴把頭徑試 芳淑愚弟姚湘

乙丑初冬

叔未三兄解元枉顾以時少山所製漢方壺搨

本銘款見眎茲屬題句別後賦寄伏祈

正韻

鴻漸譔茶経萵及蓄茶器良茶愈甘籍以滌

神智一鈕復一鑑流傳罕款識塼埴必專家淘泥

貴細緻君滋渝函来寒窓敦氣誼蕭燭度深更螫

尊鼎秦漢古匜盦月瑱詎不佳好
尚殊琴朴迓令二百禩瞽若鳥過
目遺器　君有此喜豈薙隱璨折
柬拓朋旅剪苻規王局松風一以
鳳素濤翻雪恍疑大寧堂移置
八觚屋模形更深詠牋冊篆全票
頌謂牛馬走名陶盉補錄嗟君負

春雷蜀山尖飛楝煤煙絲燭龍綵

蜂穴日夜鏖百萬開疏藉瞿曇煉

石補天角中深抱千金苦一壺

逐絪美邦羨孫㮚 揚旭画肪鋒謂大 乃宗尚書時彥

此智鎧遮相續兩儀始豚胎萬象

供搏捆視以火齊良寧弃薜與暴

名貴走公卿價重埒金玉齊周寶

雅邵文金能規
仿之見茗壺絫
将末三兄鲜元得時少山潊方
茗壺拓銘見眎韋贓五言卽
政
英姝弟吴騫诗定艸

哥嗜探索窮厓隩亦壺亦官味

水勝味祿三時致未饜一甖君巳

足一子壺癥示脈有歐公詩二句為尤雖

勝礕如壺九甖竂可吞五岳何當

載為蓬共泛審溪漾廟前沒廟後

遍聽茶孃曲後者為佳俗譌為對廟

朝秀勇嚷部文金卿師在吾握

大彬

大彬漢方

劉

先生耆奇之癖匹鐘百鎣槃

評甲乙偶然愛玩及宜壺夐

与八甄同一室隐泉舊物色

斓编不重冀春重少山来歲春

風應過訪新溪一舸鬭茶還

將朱先生教正

文樸弟楊幡

位置方壺雜鼎彝悠然應起尚陶

思鬥奇何必誇金注無當還堪比

玉卮一縷煙中炊茗候萬竿竹裏

品茶時披沙合土真神技雅稱張

為畫與詩

林未門三兄先生雅屬即

正之

鐵珊弟方廷瑚初稿

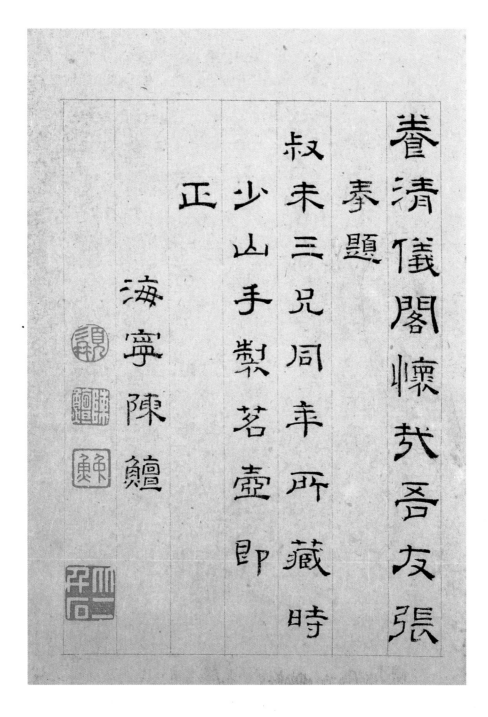

養清儀閣懷我吾友張
叔未三兄同年所藏時
少山手製茗壺即
正　奉題

海寧陳鱣

壺公傳藝術時子獨精

良一貫誠難得

一破題學使其子入少或以作贈嘗

一進貫錄盍得假之也貫興有為見之入學寺茶罐中宵

記放光相安傳一僧壺寶玩菴

時夕壺放光撫摹滿室不傳故轢名一寶石銚

堪作伴學乳尚雷香供

賦銘詞爰摘希欠句、裹君誤黜竊曾芝綠為玉翠為素春濤魚

沸春旗翻長風入松畫掩阕君家雅供此第一竼必洞山泉惠山

何時茗戰闹同試知否文圍骰渴思碧山銀槎伯仲間蕭寺竹罏

相位置吁嗟乎璧瑙金飾今不存得之茶具歊漢樽已令 平陶復

失型匦別又薛暴嘲罂盆荆南時器甲天下異代流傳得者寡

世無欠金 邵姓仿時大漢方獨絕 誰嗣音飛煙空墨陶人瓦

時大彬仿漢方壺明萬歷時物舊藏王隱泉幼扶家

林未先生得之搨銘寄眎勉賦長句奉報卽希

教政昔嘉慶丙寅穀雨後六日元卿張公璠甫脫槀

壶家妙手稱三大李徐終讓時大最碙砂搏埴百鍊精筦模色土

藏圖繪商彝周鼎渺莫稽官哥窯質重品題宣和舶未堅粟製

取規方玉印泥歐銘楷法二十字大寧堂中自鑴識黝澤摩挲古吉

金缸罏知免污油淚白碯塊土連城珍當時方外來高人、閒富貴

大可買金沙衣鉢傳襲春四家 董趙元時、即彬父也 意匠鍾奇特提

梁菱花鬥新式正始還推李養心時乎一出減前色後來贗鼎何

紛紛仲芳友泉用力勤老兄譁作市人語泥牛肖象空名聞非無

佳製愜欣賞遂署時名妙規倣貴埒雞夷賤鼠菌兵燹屯遺慽

疇曩藂壺藏自玉隱泉紅罏撥火銷榛烟 四朝歷年百六十 玉

為順治進士 吾宗得值縑三千 一具尚值三千縑見陳其年詩 搨銘却寄索吾

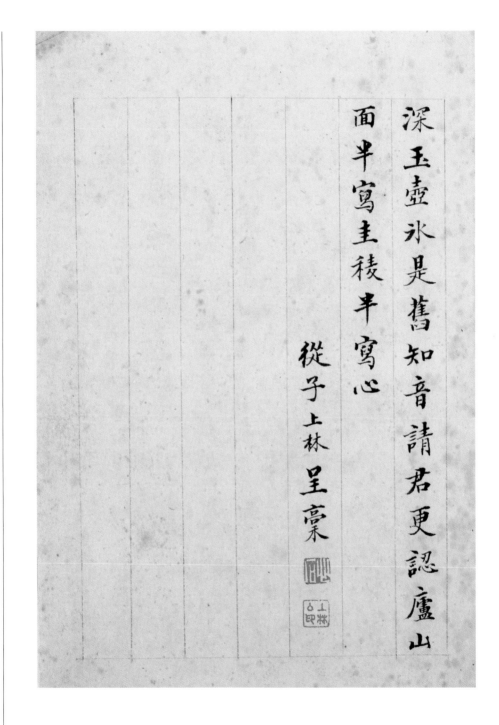

深玉壶氷是舊知音請君更認廬山

面半寫圭稜半寫心

從子上林呈橐

叔未三叔以時大彬方壺令繪為圖

賦三絕句請正

荆谿瓦罐數供春　分得僧廬式樣新

爭似一時場更擅　壺家妙手稱三大明代良陶讓一時周高起語

畫沙妙手更通神　曾閱滄桑二百年

陶家無恙姓名鐫　從今位置清儀閣

活火新泉話夙緣　參盡茶禪歲月

佳茗推扬羡名陶製獨精沙

摑形橅古竹絜字縱横技甲冀

春續詩還永林廈壺座鐫歙清易文忠句

儀閤名君所庄堪位置甲乙共題評羅鐘君蒐

最富

鼎纍罂

林木門丈先生正之

芸墅弟楊文蓀稿

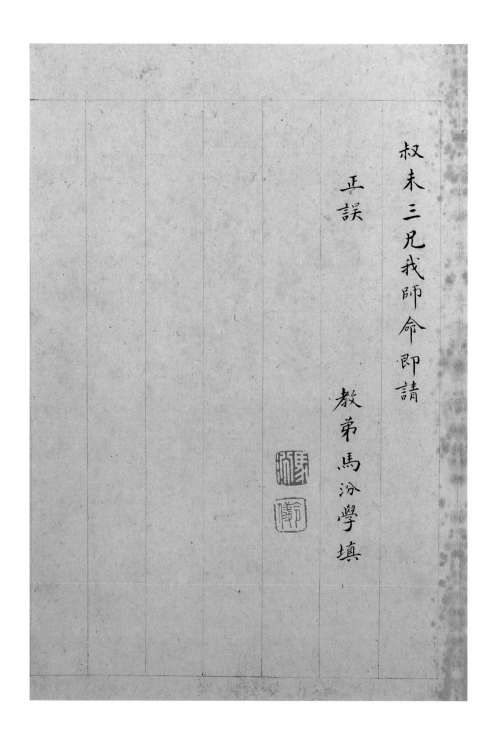

叔未三兄我师命即請

正誤

教弟馬汾學填

方平何處悵十二壺好風流雲散劔氣珠

光終夜亘頎果摩挲吟鎗形仿坤輿色分

坎位摶埴良工攄誰將春買蜀岡初放青

眼凝想畫青簾閑濤聲沸後碧乳傾伊

滿知臣相如常病渴賦筆年來都懶寄語

圍丁待呼艇子溪上敲雙扇罏煙輕颺藥

闌花榭尋遍

調寄壺中天題應

时大彬紫砂壶艺综述

时大彬之生平

　　紫砂，是坐落于太湖之滨的江南文化历史名城宜兴的地域名片；紫砂艺术，是中国传统文化领域中的一朵奇葩。在紫砂器由一种貌不惊人的普通日用品发展成为艺术创作、鉴藏领域的宠儿的过程中，明代晚期的紫砂大家时大彬是起决定性作用的人物。

　　时大彬，字少山，清李斗《扬州画舫录》卷四《新城北录中》云"宋尚书时彦裔孙名大彬"，据此可知，时大彬的先祖为宋人时彦。按，时彦，字邦美，开封人。传见《宋史》卷三百五十四，官至工部尚书[①]。据此记载，可知时大彬祖籍出于河南开封。

　　时大彬之父为时朋（一作时鹏）。明周高起《阳羡茗壶系·正始》记载：

> 　　董翰，号后溪，始造菱花式，已殚工巧。赵梁，多提梁式。
> 亦有传为名良者。玄锡。时朋，即大彬父。是为四名家。万历间

---

① 《宋史》卷三百五十四："时彦，字邦美，开封人。举进士第，签书颍昌判官，入为秘书省正字，累至集贤校理。绍圣中，迁右司员外郎。使辽失职，坐废，旋复校理，提点河东刑狱。蹇序辰使辽还，又坐前受赐增拜，隐不言，复停官。徽宗立，召为吏部员外郎，擢起居舍人，改太常少卿，以直龙图阁为河东转运使，加集贤殿修撰、知广州。未行，拜吏部侍郎，徙户部，为开封尹。异时都城苦多盗，捕得，则皆亡卒，吏惮于移问，往往略之。彦始请一以公凭为验，否则拘系之以俟报，坊邑少安，狱屡空。数月，迁工部尚书，进吏部，卒。"

人，皆供春之后劲也。董文巧，而三家多古拙。

从这一段记载可知，时朋为明末紫砂四大名家之一，所谓"董文巧，而三家多古拙"，说明时朋的制壶风格以古拙为尚，这一风格取向，或许对后来时大彬的风格有潜移默化的影响。

关于时大彬的记载，史料十分有限，其中以明人徐应雷[①]所撰《书时大彬事》稍见详备。《书时大彬事》一文见载于黄宗羲《明文海》卷三百五十二，文中说徐应雷至宜兴，见时大彬所制砂壶，甚小，但索价甚贵，徐心恶之，乃至"必击碎之为快"。后来，他在友人杨纯父斋中遇到时大彬，见"其人朴野，鳌面垢衣"。徐应雷便问纯父："渠何以淫巧索高价若此？"纯父乃答曰："是渠世业，渠偶然能精之耳。初无他淫巧，渠故不索价。性嗜酒，所得钱辄付酒家，与所善村夫野老剧饮，费尽乃已。又懒甚，必空乏久，又无从称贷，始闭门竟日抟埴，始成一器，所得钱辄复沽酒尽。当其柴米赡，虽以重价投之不应，且购者甚众，四方缙绅往往寓书县令，必取之，彼虽穷昼夜疲精神力不给，故其势自然重价如此。渠但嗜酒，焉知其他。"徐应雷后又得遇华亭康季修，康所谈时大彬事更详，徐应雷"于是欲尽击碎其壶而足其酒终身焉"[②]。显然，此时徐应雷对时大彬的态度由起初的厌恶而转为理解、同情和赞赏了。

无独有偶，明人张大复[③]《梅花草堂笔谈》中所描述的时大彬形象，与徐应雷的记载也颇有几分吻合之处。《梅花草堂笔谈》卷十二《时大彬》条中说：

时大彬之物，如名窑宝刀，不可使满天下，使满天下必不

---

① 徐应雷，字声远。《明诗综》卷七十云："应雷字声远，吴县人，有《白毫集》。丁长孺云：声远诗本自然，以率真见平澹。"

② 引文见文渊阁《四库全书》。全文见本书附录。

③ 张大复（1554—1630），字元长，号病居士，江苏昆山人。壮年曾游北京、登吕梁、过齐鲁，思奋臂建功业。然不得志，后因哭父丧明。于是垂帘瞑目，温其已读之书，有不属，则使侍者读之。学识丰富，追慕者日众。有《梅花草堂笔谈》、《闻雁斋笔谈》等书存世。

佳。古今名手，积意发愤，一二为而已矣。时大彬为人埴，多袖手观弈，意尝不欲使人物色之，如避租吏，惟恐匿影不深，吾是以知其必传。虽然偃蹇已甚，壶将去之。黄商隐曰："时氏之埴，出火得八九焉。"今不能二三，盖壶去之矣。故夫名者身后之价，不可以先，不可以尽。[①]

《梅花草堂笔谈》书影

这两段记载生动地描述了时大彬落拓不羁、任性放诞、厌恶时俗、深居隐处的艺术家性格。这种性格似乎是杰出艺术家的一种符号，晚清画家任预藉其父任熊的声誉和自身的天分，颇有求画者，但任预非至极窘不肯画，其情形与时大彬颇为相似。由此亦可知时大彬绝不是一个追名逐利、巧抬声价的流俗之辈，不失一代紫砂宗师的本色。

时大彬作为一名紫砂艺人，在"百般皆下品，唯有读书高"的封建时代，本来并不能跻身社会的主流群体。但零星的史料信息透露其行迹，与时大彬生平交往的人物中，不乏达官显贵和高士名流的身影。明周高起《阳羡茗壶系·大家》中有一段记载十分重要，其中说：

> （时大彬）初自仿供春得手，喜作大壶。后游娄东，闻陈眉公与琅琊、太原诸公品茶、施茶之论，乃作小壶。几案有一具，生人闲远之思，前后诸名家，并不能及。遂于陶人标大雅之遗，擅空群之目矣。

---

① 见《笔记小说大观》第三十二册，江苏广陵古籍刻印社1983年版第293页。全文参见本书附录。

关于这一则记载，因为涉及到紫砂壶制作中由大壶改作小壶的一项历史性变革，因此常被当代紫砂研究者所引用。文中的"陈眉公"，自然是指明代文学家和书画家、华亭人陈继儒，这是没有疑义的，但关于"琅琊、太原诸公"的解释，却在学术界存在一定的分歧。

一种观点认为"琅琊"、"太原"指清初画家王时敏（太原）和王鉴（琅琊），如刘汝醴、吴山《宜兴紫砂文化史》中即持此论：

　　时大彬的早期作品，朴雅坚致，多模仿供春大壶。自从他"游娄东，与陈眉公、琅琊（王鉴）、太原（王时敏）诸公品茶施茶之论"以后，才改制小壶，风格为之一变。可见当时的一辈名士画家对于他的壶艺风格，影响很大。①

另一种观点则认为"琅琊"、"太原"指王世贞（琅琊）等人，如宋伯胤《大彬款六方紫砂壶》一文中说道：

　　关于时大彬的生卒年月，在文献材料中尚未发现。但从《许然明先生疏》以及有关他与松江陈继儒（1558—1639）、太仓王世贞（1526—1590）等人的交往看，时大彬可能生于嘉靖初年，死于万历三十二年前后。②

类似的表述见于多种紫砂典籍中，限于篇幅，此处不再罗列。总之，关于"琅琊"和"太原"的认定，关系到时大彬生卒年和创作时期的考证，在史料缺乏的情况下，这是一则不容忽视的重要信息，因此有必要加以详细分析和讨论。

首先，我们需要对这段话中所涉及的历史人物作一番梳理：

---

① 见刘汝醴、吴山《宜兴紫砂文化史》，浙江摄影出版社2000年版，第30页。括号中文字为原文所注。

② 文见梁白泉主编《国宝大观》，上海文化出版社1990年版，第113页。

陈继儒（1558—1639），明代文学家和书画家。字仲醇，号眉公、麋公。华亭（今上海松江）人。诸生，屡被荐举，坚辞不就。工诗文、书画，书法师法苏轼、米芾，书风萧散秀雅。擅墨梅、山水，画梅多册页小幅，自然随意，意态萧疏。其山水多水墨云山，笔墨湿润松秀，颇具情趣。著有《妮古录》、《陈眉公全集》、《小窗幽记》等。

所谓"琅琊"，指"琅琊王氏"。"琅琊"为郡名，东汉魏晋时期的治所在今山东临沂一带。东晋南渡后，其中的一支后来辗转定居在太仓，因此此处的"琅琊"，显然指明末清初的太仓琅琊王氏一族，其先祖可追溯到东晋太中大夫王览。明清之际太仓琅琊王氏的名人主要有王世贞、王世懋、王鉴等人。

王世贞（1526—1590，一说1529—1593），明末著名文学家、史学家，"后七子"领袖之一。字元美，号凤洲，又号弇州山人。嘉靖二十六年（1547）进士，初授刑部主事，后任浙江右参政、山西按察使、广西右布政使、南京兵部右侍郎、刑部尚书等职，卒赠太子少保。有《弇州山人四部稿》、《弇山堂别集》、《艺苑卮言》、《史乘考误》等著作传世。

王世懋（1536—1588），王世贞之弟，明末著名文学家。字敬美，别号麟州，时称少美。好学，善诗文。嘉靖三十八年（1559）进士。时值其父王忬因忤严嵩父子，以误边罪，被斩于北京西市。兄弟二人相泣号恸，持丧而归。服丧期满，始任南京礼部仪制司主事，后又擢比部员外郎、尚宝县丞、江西参议、陕西学政、福建提学等职，终于南京太常寺少卿。著有《王仪部集》、《二酉委谭摘录》、《名山游记》、《奉常集词》、《窥天外乘》、《艺圃撷余》等传世。

王鉴（1609—1677）[①]，王世贞曾孙，清初画坛"四王"之一。字玄照，后避清圣祖康熙玄烨讳，改字元照、圆照，号湘碧、染香庵主。崇祯

---

① 关于王鉴的生卒年，今人著述皆作明万历二十六年戊戌（1598）生，清康熙十六年丁巳（1677）卒，向未有异议者。今据学者考证王鉴《梦境图》等作品题跋及其同时代友人王时敏、王翚等相关史料得出新的结论，王鉴确凿生年应为万历三十七年己酉（1609）。相关论述详尽，应予采纳。论文见白谦慎、章晖《王鉴生年考》（载《中国书画》2009年第11期第60—64页）、李安源《王鉴生年考》（载《齐鲁艺苑·山东艺术学院学报》2010年第2期第19—21页）。

六年（1633）举人，以祖荫任左府都事，进而出仕广东廉州知州。因上书议粤中开采事，险些获罪，两年后罢归，以书画终老一生，成为清初著名的画家。

所谓"太原"，则指"太原王氏"，源出山西太原。明末清初的太原王氏，通常指太仓王锡爵家族，源出太原三槐堂王氏，始祖为北宋名相王旦。宋室南渡，举族南迁，其中一支在浏河上岸定居，遂为太仓人。明清之际的太原王氏名人有王锡爵、王鼎爵兄弟，以及锡爵之子王衡、王衡之子王时敏等人。

王锡爵（1534—1614），字元驭，号荆石，卒谥文肃。明嘉靖四十一年（1562）会试第一、廷试第二。授翰林院编修，累迁至祭酒、侍讲学士、礼部右侍郎等职。万历十二年（1584）拜礼部尚书兼文渊阁大学士，参与机务。万历二十一年（1593），入阁为首辅。

王鼎爵，王锡爵之弟。字家驭。少依兄受经，坚苦自砺，读书极勤。隆庆二年（1568）进士，授刑部主事，调礼部，移疾归，后补主客司郎中。时锡爵为礼部侍郎，按惯例须避嫌，遂改任南京史部验封司，后擢升河南提学道。会锡爵以抗张居正归，媚居正者欲拔鼎爵以诋锡爵，不可。即日归，杜门却扫，当权者罕见其面。晚年肆力于诗文，以著书为事。会丁艰。服阕，卒，年五十。

王衡（1562—1609），王锡爵之子。字辰玉，号缑山。幼聪敏过人，少有文名。明万历十六年（1588）举顺天乡试第一，郎官诬其父为高官，与考官有私，为此廷诏午门复试，仍举第一，特许会试。父为避嫌，不许入试。至二十九年，锡爵罢相已久，才入京会试，举第二，廷试亦第二，授翰林院编修。以奉使江南之名回乡，不愿为官，专事研读著述。三十七年卒。以诗文驰名天下，著有《缑山先生集》、《纪游集》、《春秋纂注》、《秦汉文人选玉》，还著有《郁轮袍》等杂剧。

王时敏（1592—1680），王锡爵之孙，王衡之子，清初"四王"之一，画坛领袖。字逊之，号烟客、西庐老人等。崇祯初年曾任太常寺卿，明亡后隐居不仕，寄情诗文书画。家藏历代书法名画甚多，反复观摩，并曾得到董其昌、陈继儒指授。山水专师黄公望，笔墨含蓄，苍润松秀，浑厚清逸，对清代和后世绘画影响极大。

根据对以上诸人的生平简述可知，"琅琊"、"太原"所指，具有不确定性。如果以陈继儒为参照，则上述各人均与他有交往的可能。因此要确定"琅琊"、"太原"所指的明确对象，还要结合其他史料加以考查。

首先，可以根据周高起《阳羡茗壶系》本身来考查。此书有两点值得注意：第一，周高起为明末人，据康熙《江阴县志》卷十四《未仕人物》载："周高起，字伯高，颖敏。尤好积书，……工为古文辞。早岁补诸生，列名第一……纂修县志，又著《读书志》，行于世。乙酉（1645）闰六月，城变突作，避地由里山。值大兵勒重，箧中惟图书翰墨，无以勒者，肆加箠掠，高起亦抗声诃之，遂遇害。"①又，周高起在《阳羡茗壶系·神品》中说到"沈君用……亦以甲申四月夭"，此处的"甲申"，显然是指明清更替之际的崇祯十七年甲申（1644）。结合这两段记载说明，周高起在清初的战事中去世，而《阳羡茗壶系》的成书时间大约就是在明清更替之际。此时，周高起所称的"琅琊、太原诸公"，显然不太可能是指王鉴，因为崇祯十七年（1644）时王鉴仅三十六岁，即使周高起与之同辈，称王鉴为"公"也是不合情理的，因此认为"琅琊公"是王鉴的说法首先应该排除。第二，《阳羡茗壶系·雅流》中有一段说到："欧正春，多规花卉果物，式度精妍。邵文金，仿时大彬汉方独绝，今尚寿。邵文银。蒋伯荂，名时英。四人并大彬弟子。"这里在提到邵文金时，特别指出"今尚寿"，值得玩味。邵文金等四人为时大彬弟子，而周高起著书时指出其"尚寿"，其隐含的意思显然表明，此时时大彬早已去世了。

其次，确定"琅琊公"所指，也可以结合徐应雷的记载寻找一些线索加以考订。徐应雷《书时大彬事》中有"余近遇云间康季修谈之更详"的记载，而此"康季修"其人，又见于《憨山老人梦游全集》卷三十二《题血书金刚经后》，文中提到：

---

① 《江阴县志》康熙二十二年（1683）刊，内阁文库藏。

《憨山老人梦游全集》书影之一　　　　　《憨山老人梦游全集》书影之二

此经乃华亭康孟修妻张氏安人刺血所书者。安人王司马公元美之甥也，公之姊适张氏，生安人。余被放岭外，康君弟季修，与余为方外交，顷入粤，季修走书，以安人所书此经属题。①

按《题血书金刚经后》中所指"王司马公元美"即为王世贞，康季修的长兄康孟修为王世贞的外甥女婿，则康季修亦为王世贞的外甥一辈。徐应雷听康季修详谈时大彬的时候，时大彬所制壶"甚小，而其价甚贵"，这当然已经是属于时大彬改良壶艺后的"小壶时期"了，也就应该是在时大彬业已成名的中晚年时期。因此又可以断定，此时时大彬的年龄，不应小于康季修，而应比康季修年长更为合理。据此进一步推测，比康季修年长一辈的王世贞与时大彬交往密切，更为合情合理。

---

① 见蓝吉富主编《禅宗全书》五一《语录部十六》，台湾文殊文化有限公司1989年版，第477页。

其实，在张燕昌的《阳羡陶说》中，对这一问题已经有了比较明确的说明，其中说："近于王汋山季子斋头见一壶，冷金紫，制朴而小，所谓游娄东见弇州诸公后作也。"①张燕昌这一段话，显然是承继周高起之语而发，他已明确指出时大彬游娄东所见的是"弇州诸公"，而"弇州山人"就是王世贞的别号，如此说来，"琅琊"所指为王世贞，更无疑义。

总之，周高起文中所谓"琅琊"王氏，只能是指王世贞，断不可能是指王世贞的曾孙王鉴。既然确定"琅琊公"是王世贞，则与其相对应的"太原公"，就不大可能是指王时敏，而更可能是指王时敏的祖父王锡爵。而陈继儒与王世贞、王锡爵等人的交往，也是于史可征的，《明史》卷二百九十八《陈继儒传》载：

> 陈继儒，字仲醇，松江华亭人。幼颖异，能文章，同郡徐阶特器重之。长为诸生，与董其昌齐名。太仓王锡爵招与子衡读书支硎山。王世贞亦雅重继儒，三吴名下士争欲得为师友。

在明代太仓，琅琊王氏与太原王氏同样声名显赫。王世贞享文坛盟主之尊，官至刑部尚书；王锡爵身居宰相，是太仓历史上官职最高的一品大员。陈继儒曾有"一时四王震海内"②之语，此处所谓"四王"，指的就是王世贞、王世懋与王锡爵、王鼎爵四人。

基于"琅琊"、"太原"二氏的考证，我们大致可以确定，时大彬应该是与王世贞、王锡爵大致同辈或略小的。

在此基础上，我们并可对关于时大彬生平的一条重要推论作进一步考辨。关于时大彬的生平，旧说多引用张廷济的一则记载认为时大彬的卒年在顺治十八年（1661）之后，这一推论颇可置疑。

张廷济《桂馨堂集·顺安诗草》卷五有《时少山砂壶为蔡少峰赋》

---

① 见吴骞《阳羡名陶录·谈丛》。
② 语见陈继儒《晚香堂集》卷一《王猴山集序》，见《四库禁毁书丛刊》集部第66册第545页。

诗，中云：

> 我有汉方壶一柄，吴（兔床山人）陈（仲鱼征君）徐（雪庐
> 孝廉）沈（竹岑广文）留清咏。语儿城中喜再逢，一十二字笔同
> 劲。虑傀尺量二寸崇，腹围九寸中丰隆。年纪辛丑年正老（款云
> 辛丑秋日，是顺治十八年，时年已老），粗沙斑斑准磨砻。……
> 大宁堂与宝俭堂（敝藏者是大宁堂款，此云为宝俭主人制，盖亦
> 堂名也），两地茶余联午梦。①

此诗并曾被录入民国李景康、张虹合著的《阳羡砂壶图考·前贤文
翰》中，因此流传甚广，常被当代紫砂研究者作为重要的史料征引。

又，刘汝醴、吴山《宜兴紫砂文化史·万历间的三大家和别派艺人》
中引用此节并加考证：

> 蔡少峰藏宝俭堂壶，底款"为宝俭主人制"。张廷济有
> 《时少山壶为蔡少峰锡恭赋》云云。按宝俭堂为明华亭马元调室
> 名。原注："款云辛丑秋日，是顺治十八年（1661年），时年已
> 老。"②

因为这一则资料，后人据此将时大彬的卒年推至顺治十八年（1661）
之后，显然，这样的推论与上述时大彬同王世贞、王锡爵、陈继儒的交往
颇难协调。因为即使假设王世贞去世（1590）前才与时大彬有交往，此时
时大彬至少需要成年，则他的出生年至少要在明隆庆四年（1570）以前。
如果按此出生年推算，至顺治十八年（1661），时大彬年已九十岁，以如
此的高龄还为人制壶，显然是不可能的事。

---

① 见上海古籍出版社《续修四库全书》1491册第688页。括号中文字均为原注。
② 见刘汝醴、吴山《宜兴紫砂文化史》，浙江摄影出版社2000年版，第31页。

《桂馨堂集·顺安诗草》卷五《时少山砂壶为蔡少峰赋》书影

　　而且据刘汝醴、吴山的考证，"宝俭堂"为马元调[1]的斋号，而已知马元调在顺治二年（1645）清兵攻嘉定时守城，城破殉难，这显然也是与顺治十八年（1661）时大彬为他制壶的推论明显矛盾。在这一点上，刘、吴二人显然是失于考证的。据此，我们完全可以厘清，蔡少峰所藏宝俭堂壶的落款"辛丑"，当前推六十年，乃指万历二十九年（1601）而非顺治十八年（1661）。所以张廷济说的"顺治十八年，时年已老"这句话是一个错误的推断，完全没有实事依据，后人立足此说而作出的对时大彬生平的推测也就不攻自破了。

　　综合上述的记载和考证，可知时大彬的活动时间主要应在万历年间，其去世时间不会晚于明末，很可能就在万历末年去世。张廷济的错误判断，造成了后世对时大彬生平推断的困扰，应予以纠正。

---

① 马元调（？—1645），字巽甫，又字简堂，嘉定人。诸生，从娄坚为师，精通经史源流和古今典章名物，每读一书，必购古本，以之校正同异，论断精确。曾参与编修《嘉定县志》，因战乱而未竟。清顺治二年（1645）七月，清兵临嘉定，马元调守东门，城破殉难。（传见杨于白主编《嘉定县志》，上海人民出版社1992年版，第1104页）按，马元调有斋名"宝俭堂"，曾以此堂名刻印白居易的《白氏长庆集》等书。

时大彬之壶艺

关于时大彬的制壶艺术，结合文献记载及出土、传世、著录的时大彬作品考察，可以作一番大体的勾勒与描述。

时大彬之父时朋，是与董翰、赵梁、玄锡齐名的明代制壶四大家，所制以"古拙"称。时大彬子承父业，其初期的制作必然与家庭的影响不无联系，应当也是以"古拙"为尚的。

又，周高起《阳羡茗壶系·大家》云："初自仿供春得手，喜作大壶。"可见其早期作品还受到供春的影响。以中国的传统艺术发展规律来看，从模仿前代大家入手是一条普遍的道路，时大彬虽称一代宗师，其基本的发展轨迹也不例外。

时大彬之所以能成为紫砂工艺史上一位开辟新局的重要人物，除了对传统的继承以外，更在于其大胆而杰出的一系列革新之举。关于这些，史料的零星记载可以为我们勾勒出大致轮廓：

许次纾《茶疏》："往时龚春茶壶，近日时大彬所制，大为时人宝惜，盖皆以粗砂制之，正取砂无土气耳。"

周高起《阳羡茗壶系·大家》云："时大彬，号少山，或淘土，或杂砌砂土，诸款具足，诸土色亦具足，不务妍媚，而朴雅坚栗，妙不可思。初自仿供春得手，喜作大壶。后游娄东闻陈眉公与琅琊、太原诸公品茶施茶之论，乃作小壶。几案有一具，生人闲远之思，前后诸名家，并不能及。遂于陶人标大雅之遗，擅空群之目矣。"

周高起《阳羡茗壶系·别派》："镌壶款识，即时大彬初倩能书者落墨，用竹刀画之，或以印记，后竟运刀成字，书法闲雅，在《黄庭》、《乐毅》帖间，人不能仿，赏鉴家用以为别。"

徐喈凤《宜兴县志》："供春制茶壶，款式不一，虽属瓷器，海内珍之，用以盛茶不失原味，故名公巨卿高人墨士恒不惜重价购之。继如时大彬益加精巧，价愈腾。"

陈鳣《松研斋随笔》："客耕武原，见茗壶一于倪氏六十四研斋，底有铭曰：'一杯清茗，可沁诗脾。大彬。'凡十字，其制朴而雅，砂质温润，色如猪肝，其盖虽不能起全壶，然以手拨之则不能动，始知名下无虚士也。"

周容《宜兴瓷壶记》："今吴中较茶者，壶必言宜兴瓷云。始万历间大朝山寺僧，（当作金沙寺僧）传供春，供春者，吴氏小史也。至时大彬，以寺僧始，止削竹如刀，剜山土为之。供春更斫木为模，时悟其法，则又弃模。而所谓削竹如刀者，器类增至今日，不啻数十事。"

吴梅鼎《阳羡茗壶赋并序》："大彬之典重，价拟璆琳。"

陈维崧《赠高侍读澹人以宜壶二器并系以诗》："宜壶作者推龚春，同时高手时大彬。碧山银槎濮谦竹，世间一艺俱通神。彬也沉郁并老健，沙粗质古肌理匀。有如香盒乍脱藓，其上刻画蜾蠃蹲。又如北宋没骨画，幅幅硬作麻皮皴。"

高士奇《宜壶歌答陈其年检讨》："荆南山下罨画溪，溪光潋滟澄沙泥。土人取沙作茶器，大彬名与龚春齐。规制古朴复细腻，轻便堪入筠笼携。"

吴省钦《周梅圃送宜壶》："春彬好手嗟难见，质古砂尘法尚传。"

李斗《扬州画舫录》："宋尚书时彦裔孙名大彬，得供春之传，毁甓以杵春之，使还为土，范为壶。燀以熠火，审候以出，雅自矜重。遇不惬意碎之，至碎十留一，皆不惬意，即一弗留。彬枝指，以柄上拇痕为标识。"

根据这些记载可知，时大彬在制壶技艺上改良了"斫木为模"的手法，"弃模"作器，更增加了制作中的灵活性。他的制作，在继承前人的基础上益加精致，所作以"粗砂细作"著称，所谓"或淘土，或杂碙砂土，诸款具足，诸土色亦具足，不务妍媚，而朴雅坚栗，妙不可思"，这一点，是时大彬制壶的重要标志。粗砂细作的工艺，是一种审美的主动追求和权衡，因为粗砂本身粗糙，不足以承担挑剔的赏鉴眼光；而如果一味细作，华丽精工，则又流于时俗的冶艳，显然也是文人所不齿的。因此时大彬采用粗砂细作的手法，恰好权衡了两者的审美矛盾，突出了一种高尚的审美品味。这如同瓷器中的青花瓷，外表朴质无华，而内涵意蕴深远，这样的审美取向，不是普通的手工匠人所能达到的。也正因为如此，时大彬的制作得到了当时达官显贵以及文人名士的广泛认同，纷纷以"典重"、"质古"、"古朴"、"老健"、"朴雅"、"沉郁"等语词加以形容，因为本质上，时大彬制作的砂壶，已经达到了文人艺术品应有的境界和品位。

在砂壶的形制上，他受到陈继儒、王世贞、王锡爵等文人士大夫的影响，改变了明代盛行的大壶作法，改作小壶。这一重要变革，为后世紫砂艺人驰骋技艺提供了动力，为紫砂艺术的全面繁荣打下了重要基础。

同时，古代的工匠往往湮没无名，而时大彬开创了在壶身刻名的风气。如同中国早期的书画、篆刻一样，制作者留名的风气，是一种技艺从普通工艺向文人艺术演进的重要标志，这一变革，可以视作紫砂工艺上的一个里程碑。

时大彬门徒众多，这也为他艺术的弘扬和声名的传播提供了重要的社会基础。见于文献的时大彬弟子主要有：

周高起《阳羡茗壶系·名家》："李仲芳，行大，茂林子。及时大彬门，为高足第一。制度渐趋文巧，其父督以敦古。仲芳尝手一壶，视其父曰：'老兄，这个何如？'俗因呼其所作为'老兄壶'。后入金坛，卒以文巧相竞。今世所传大彬壶，亦有仲芳作之，大彬见赏而自署款识者。时人语曰：'李大瓶，时大名。'"

周高起《阳羡茗壶系·名家》："徐友泉，名士衡，故非陶人也。其父好时大彬壶，延致家塾。一日，强大彬作泥牛为戏，不即从，友泉夺其壶土出门去，适见树下眠牛将起，尚屈一足。注视捏塑，曲尽厥状。携以视大彬，一见惊叹曰：'如子智能，异日必出吾上。'因学为壶。变化式、土，仿古尊罍诸器，配合土色所宜，毕智穷工，移人心目。予尝博考厥制，有汉方、扁觯、小云雷、提梁卣、蕉叶、莲方、菱花、鹅蛋、分档索耳、美人垂莲、大顶莲、一回角、六子诸款。泥色有海棠红、朱砂紫、定窑白、冷金黄、淡墨、沉香、水碧、榴皮、葵黄、闪色、梨皮诸名。种种变异，妙出心裁。然晚年恒自叹曰：'吾之精，终不及时之粗。'"

周高起《阳羡茗壶系·雅流》："欧正春，多规花卉果物，式度精妍。邵文金，仿时大汉方独绝，今尚寿。邵文银。蒋伯荂，名时英。四人并大彬弟子。蒋后客于吴，陈眉公为改其字之敷为荂。因附高流，讳言本业，然其所作紧致不俗也。"

周高起《阳羡茗壶系·别派》："陈俊卿，亦时大彬弟子。"

以上是有记载的时大彬入门弟子，均成就非凡。若以当时及后代的私淑弟子而论，则更不可胜数。

正因为这一系列的原因，才使时大彬的紫砂艺术赢得了"壶家妙手称三大"、"明代良陶让一时"、"时壶名远甚，即遐陬绝域犹知之"的无上美誉。

然而，因为声名所在，使得时大彬生前已经出现了伪、仿作品，这一客观事实，为今人研究时大彬的作品增加了难度。现在可知的出土、传世和著录的时大彬砂壶中，其中当有不少就是当时或后世的伪造，因为史料和鉴定标准品的缺乏，使得我们通过实物来验证时大彬的砂壶艺术难以有更大的深入。严格意义上说，目前尚没有一件传承有序、确信无疑的时大彬砂壶标准器，因此对于时大彬作品的判断和研究，仍需结合时代特征来加以把握。有鉴于此，对时大彬研究资料的进一步搜集和整理，也显得尤为迫切和紧要。而本书将要重点展开讨论的"张廷济旧藏时大彬汉方壶拓本题咏册"和"唐云旧藏时大彬汉方壶拓本题咏册"是两件相互关联而十分罕见的珍贵史料。

张廷济旧藏时大彬汉方壶拓本题咏册考述

张廷济旧藏《时大彬汉方壶拓本题咏册》，纸本册页十七开，纵25厘米，宽15.5厘米。册前有吴骞题签，册中有张上林所拓制时大彬汉方壶全形图及铭文款识，册中录有张廷济、徐熊飞、沈铭彝等十数人题跋。本册中有关诗词见于历代著录，此册系其完整和最原始的出处。以下拟分别从汉方壶款识、拓本题签等各个方面，将时大彬汉方壶及拓本题咏册作一番详细的考证和论述。

汉方壶款识考

时大彬制汉方壶原作今已失传，而依据原壶拓存的全形图则比较完整、准确地保留了此件汉方壶的器形即铭文。拓本有壶底款识二十字，文曰：

> 黄金碾畔绿尘飞，碧玉瓯中素涛起。大宁堂。时大彬。

"黄金碾"，指用黄金打造的茶碾。按，唐宋时代流行斗茶之风，上至帝王，下至百姓，无不喜好此道。斗茶之法，双方各取茶末、杯盏（通常取深色盏，以"兔毫盏"为贵），先将茶末洒在盏底，加入少许沸水，均匀搅动，使之成为膏糊状，称为"调膏"。然后继续注入沸水，称为"点汤"。点汤的同时，要用茶筅适度地击打、搅动茶汤，让茶汤泛起汤花。最后得到的茶汤应该泛着乳白色的汤花。斗茶者以汤色、汤花和茶味来评判优劣。而茶碾是斗茶前将茶叶碾成茶末的必备工具。

"绿尘"，形容碾碎的绿色茶末。

"碧玉瓯"，碧玉制成的茶杯。"瓯"（ōu），杯子。

"素涛"，形容斗茶点汤时杯中泛起的白色汤花。参见上文"黄金碾"条。

关于这前两句诗的出处和原诗作者，在本册的题跋中有多人谈及。

沈铭彝诗中有云："庐陵妙句清通神，细书精刻藏颜筋。"自注说："壶底刻'黄金碾畔'云云，欧阳文忠公句也。"

周汝珍诗中有云："楷字双钩六一铭，素甆云起满春庭。"

吴骞诗中有云："三时我未餍，一夔君已足。"自注亦云："予藏大彬壶三，皆不镂铭，君虽一壶，而底有欧公诗二句，为尤胜。"

杨文荪诗中有云："技可龚春续，诗还永叔赓。"又自注云："壶底镌欧阳文忠句。"

按，欧阳修（1007—1073），北宋著名文学家和史学家，字永叔，号六一居士，谥"文忠"，庐陵吉水（今属江西）人。以上诗文中谈到的"庐陵"、"欧阳文忠"、"六一"、"欧公"、"永叔"等，都是指欧阳修。显然，本册的题咏者大都认为此壶底款中的"黄金碾畔绿尘飞，碧玉瓯中素涛起"诗，是欧阳修所作。

诸人题咏中，唯有张公璠对此铭作者有不同说法，其曰："搨铭却寄索吾赋，铭词爱摘希文句。句里君谟点窜曾，定'绿'为'玉''翠'为'素'。""希文"乃范仲淹之字，可见，张公璠认为此铭作者为范仲淹。

考诸典籍，欧阳修之说误，而范仲淹之说有史可查。

范仲淹《范文正集》卷二载《和章岷从事斗茶歌》，全诗为：

> 年年春自东南来，建溪先暖冰微开。溪边奇茗冠天下，武夷仙人从古栽。新雷昨夜发何处，家家嬉笑穿云去。露牙错落一番荣，缀玉含珠散嘉树。终朝采掇未盈襜，唯求精粹不敢贪。研膏

焙乳有雅制，方中圭兮圆中蟾。北苑将期献天子，林下雄豪先斗美。鼎磨云外首山铜，瓶携江上中泠水。黄金碾畔绿尘飞，紫玉瓯心雪涛起。斗余味兮轻醍醐，斗余香兮薄兰芷。其间品第胡能欺，十目视而十手指。胜若登仙不可攀，输同降将无穷耻。吁嗟天产石上英，论功不愧阶前蓂。众人之浊我可清，千日之醉我可醒。屈原试与招魂魄，刘伶却得闻雷霆。卢仝敢不歌，陆羽须作经。森然万象中，焉知无茶星。商山丈人休茹芝，首阳先生休采薇。长安酒价减千万，成都药市无光辉。不如仙山一啜好，泠然便欲乘风飞。君莫羡花间女郎只斗草，赢得珠玑满斗归。

此壶铭款"黄金碾畔绿尘飞，碧玉瓯中素涛起"，在此诗中作"黄金碾畔绿尘飞，紫玉瓯心雪涛起"。文字稍有不同，这种情况在古籍中是十分常见的。

又，宋胡仔《苕溪渔隐丛话》后集卷十一，载希文《和章岷从事斗茶歌》全诗，本句作："黄金碾畔绿尘飞，紫玉瓯心翠涛起。"

又，宋祝穆《古今事文类聚》续集卷十二亦载《和章岷从事斗茶歌》全诗，题作"范希文"，本句作："黄金碾畔绿尘飞，碧玉瓯中翠涛起。"

按，范仲淹（989—1052），字希文，谥号文正。以上记载均可证此诗为范仲淹之作。

又，宋阮阅《诗话总龟》前集卷八有一则诗话，记载了蔡襄与范仲淹商讨这两句诗的修改情况：

范文正有《采茶歌》，天下共传蔡君谟谓希文："公歌脍炙人口，有少未完，盖公才气豪杰，失于少思。"希文曰："何以言之？"谟曰："昔公句云'黄金碾畔绿尘飞，碧玉瓯中翠涛起。'今茶之绝品，其色贵白，翠绿乃茶之下者耳。"希文曰："君善鉴茶者也，此中吾语之病也。公意如何？"君谟曰："欲革公诗二字，非敢有加焉。"公曰："革何字？"君谟曰：

"'翠'、'绿'二字。可云'黄金碾畔玉尘飞，碧玉瓯中素涛起。'"希文曰："善！"又见君谟之精茶，希文之伏于义。

这则记载是说，范仲淹的原诗此句作"黄金碾畔绿尘飞，碧玉瓯中翠涛起"，蔡襄认为茶中以白色为佳品，所以应该改掉"绿"、"翠"两字。于是改成了"黄金碾畔玉尘飞，碧玉瓯中素涛起。"蔡襄的话，似乎有道理，但我们明显可以发现，两句诗中，竟出现了两个"玉"字，这在文字精练的诗歌中显然是大忌。

又，《诗话总龟》后集卷二十九并载此诗全文，亦署名为范仲淹，唯本句作："黄金碾畔绿尘飞，碧玉瓯中翠涛起。""翠"字很可能是"素"字形近而讹。

由此可见，这两句诗出自《和章岷从事斗茶歌》，作者是范仲淹，一般没有异议。

但认为此诗出自欧阳修之作也并非完全没有依据。宋陈景沂《全芳备祖》后集卷二十八所载此诗，诗后题作"欧阳修《斗茶歌》"，本句作："黄金碾畔绿尘飞，碧玉瓶中翠涛起。"则未知何据。

要进一步验证此诗是否为范仲淹所作，我们不妨从诗题中的"章岷"其人入手加以考证。宋朱长文《吴郡图经续记·事志》载：

> 平江节度推官廨舍昔甚隘陋，天圣中武宁章岷伯镇居幕府，始广而新之。伯镇时名籍甚，初登第，翰林诸公赋诗赠行，其《廨舍记》并记刻犹存。当是时，盛翰林度、黄工部宗旦守郡多以事委伯镇，而伯镇之弟伯瞻及今太守朝议公同侍亲居此，士大夫多称。伯瞻后至太常少卿，按漕广东云。章太守尝言，伯镇之在幕也，盛文肃公委之遍阅经史，凡言吴事者录为一书，其书在盛氏，人不复见之，惜哉。

又，宋范成大《吴郡志》卷十二云：

章岷，字伯镇，尝为平江军推官，有文声。范文正公有《和章从事斗茶歌》及《同登承天寺竹阁诗》。

明董斯张《吴兴备志》卷五引《八闽通志》：

（章）岷，浦城人，举进士，与范仲淹同赋《斗茶歌》，岷诗先就，仲淹览之曰："此诗真可压倒元白。"官至光禄卿。

另外，《范文正集》中有《和章岷推官同登承天寺竹阁》诗，又有《留题方干处士旧居》诗，自序有云："某景祐初典桐庐[①]，郡有七里濑，子陵之钓台在焉，乃以从事章岷往构堂而祠之，召会稽僧悦躬图其像于堂。"

综合上述史料考察，此诗是范仲淹和章岷所作的《斗茶歌》依据是充分的，而从《全芳备祖》误记此诗为欧阳修所作，遂使本册清代诸人的题跋也引证出错，这一点，应予以纠正。

题咏册题签考

《时大彬汉方壶拓本题咏册》由清代学者吴骞题签，隶书"千载一时"四字，款署："嘉庆乙丑莬床题。"钤"槎客"朱文印。

考，嘉庆乙丑，即嘉庆十年（1805）。

莬（wèn），《玉篇》云："草木新生者。"此处"莬"字为"菟"字之讹，以形近而混用。"菟"又通"兔"。"兔床"为吴骞之号。按，吴骞号兔床山人。兔床山，见《山海经·中山经》"中次一十一山经"："又东北八百里曰兔床之山，其阳多铁，其木多薯蓣，其草多鸡穀，其本如鸡卵，其味酸甘，食者利于人。"吴骞字槎客，号兔床，均与神话传说有关。

---

① 史载，范仲淹于景祐元年（1034）离开京师，前往睦州（今浙江桐庐）任知州。

槎（chá），以树木枝桠编成的木筏。槎客，传说中乘木筏访天河的人。据晋张华《博物志》卷十载，传说天河与海通，年年八月有浮槎去来不失期，有客乘之去十余日，至一城，见一丈夫在河边饮牛，便问此是何处，答曰：君还至蜀郡访严君平则知。"后至蜀，问君平，曰：'某年月日有客星犯牵牛宿。'计年月，正是此人到天河时也。""槎客"即此乘槎泛天河之人，一说其人即汉代张骞（宋周密《癸辛杂识·前集·乘槎》引南朝梁宗懔《荆楚岁时记》）。按，天骞与张骞同名，故以"槎客"为字。

关于"千载一时"这一成语的源流和演变，有必要加以详细的考述。

今考"千载一时"四字，最早见于《晋书》。

《晋书》卷八十《王羲之传》，录王羲之《与会稽王笺》云："古人耻其君不为尧舜，北面之道，岂不愿尊其所事，比隆往代，况遇千载一时之运？"

《晋书》卷八十六《张骏传》，载张淳说李雄曰："南氏无状，屡为边害，宜先讨百顷，次平上邽。二国并势，席卷三秦，东清许洛，扫氛燕赵，拯二帝梓宫于平阳，反皇舆于洛邑，此英霸之举，千载一时。"

《晋书》卷一百十一《慕容暐载记》："苻坚机明好断，纳善如流。王猛有王佐之才，锐于进取。观其君臣相得，自谓千载一时。"

《晋书》卷一百十四《苻坚载记下》："古人行权，宁济为功，况君侯累叶载德，显祖初著名于晋朝，今复建崇勋，使功业相继，千载一时，不可失也。"

《晋书》卷一百二十二《吕光载记》："统请除篡，勒兵推兄为盟主，西袭吕弘，据张掖以号令诸郡，亦千载一时也。"

《晋书》卷一百二十三《慕容垂载记》："王子之言，千载一时，不可失也。"又同卷："今天厌乱德，凶众土崩，可谓乾启神机，授之于我。千载一时，今其会也，宜恭承皇天之意，因而取之。"

此外，晋袁宏《后汉纪》卷二十二《孝桓皇帝纪》有云："为仁者博施兼爱，崇善济物，得其志而中心倾向之，欣然忘己，以为千载一时也。"

综合上述引文可见，"千载一时"这一成语，始见于东晋，此后通行。尤其因为《晋书·王羲之传》在古代文人中的特殊历史地位，使这一成语更为流行。而自古以来这一成语的意思，仅用以形容千载难逢的绝佳时机和境遇。吴骞在本册的题签中引用此语，则显然含有一语双关的妙用。

首先，"时"字在此处指时大彬，"一时"即表示独一无二的时大彬。周高起《阳羡茗壶系·别派》曰："陶肆谣曰'壶家妙手称三大'，谓时大彬及李大仲芳、徐大友泉也。予为转一语曰'明代良陶让一时'，独尊少山，故自匪佞。"吴骞在《阳羡名陶录·家溯》中引用了周高起此段。因此可知，"千载一时"题于册首，首先寓意的是时大彬在紫砂史上的地位独冠古今，无人可及。其次，显然不能忽略的是，册首题此四字，又合乎成语"千载一时"的本意，寓意此时大彬制汉方壶是稀有难得的旷世珍品，即千载难逢之意。

吴骞将此四字题写在本册后，旋即将当时所见的此册题咏著录于他的《阳羡名陶续录》一书中。其中张上林《叔未出示时壶命作图并赋》诗云："会阅沧桑二百年，一时千载姓名镌。从今位置清仪阁，活火新泉话夙缘。"自注云："吴兔床作隶题图册首曰'千载一时'。"这是吴骞题字后，文字内容被首次载于典籍中，得以广其流传。

其后，至晚清民国时期，徐珂《清稗类钞·鉴赏类》"张叔未藏时大彬汉方壶"条亦著录张廷济藏壶事，云："时大彬汉方壶，隐泉王氏藏之百数十年矣，乃国初幼扶进士旧藏之物，其款用竹刀，书法逼真王羲之《换鹅经》。王心耕为张叔未作缘，叔未乃得之，赋诗志喜。张又起①为之作图，吴兔床以隶字题图册，曰'千载一时'，并赋五古张之。兔床藏大彬壶三，皆不刻铭，不若叔未所得，壶底有欧阳修诗'黄金碾畔绿尘飞，碧玉瓯中素涛起'二句也。"

----

① 张又起，乃"张又超"之误。"又超"为张上林之字。

至民国二十六年（1937），李景康、张虹合编的《阳羡砂壶图考》出，又在"时大彬"一条中录杂评，载云："吴兔床作隶书题张叔未时壶图，册首曰'千载一时'。"

从此，凡紫砂典籍，几乎无不引用"千载一时"之语来形容时大彬在紫砂艺术史上的杰出地位。从吴骞引用《晋书》之语题签，到当代典籍的引用，"千载一时"这一成语新义项的形成，完成了演进的历史轨迹。通过追溯可知，本册的题签无疑是这一义项形成的源头所在。

题咏册人物考

张廷济旧藏《时大彬汉方壶拓本题咏册》中涉及此壶的收藏和题跋者十数人，今依次考证其生平如下：

张廷济

张廷济（1768—1848），原名汝林（一作汝霖），字顺安，号叔未，

张廷济（1768—1848）

一字说舟，又字作田，又号海岳庵门下弟子，晚号眉寿老人，斋名清仪阁。浙江嘉兴新篁人。嘉庆三年（1798）解元。清代著名金石学家，著有《清仪阁题跋》、《清仪阁杂咏》、《金石奇缘》、《墨林清话》、《桂馨堂集》等。

清李遇孙《金石学录》卷四："张廷济，住嘉兴新篁里。鉴赏精博，一古金石入手即能知其真伪，别其原流。所藏商周秦汉古彝器铭文千种，有现今收藏家所未著录者。翁覃溪学士与之往复考论，多所辨析。所

藏石刻自石鼓文以下至宋金亦千种，实有数十百年旧拓而其石今已全佚者。藏器中钟鼎尊彝之属六十余种，绝无伪造，其周诸女方爵、秦始皇时度，则寰宇中所仅有者。藏石有唐天宝七载子产庙残碑、颜鲁公元静先生残石、苏文忠马券碑旧石、贾秋壑所刻钟太傅宣示表、宋时覆刻淳化残帖、金元刻兰亭诸石，皆精出近时覆刻倍倍。金石之外，所藏如汉晋古砖、秦汉古瓦、汉魏至宋元古官私印、周秦以来钱币，皆不让古收藏家。其为《积古斋款识》所收，自册父乙尊以下凡八九器，盖未尽载录也。所著有《清仪阁集古款识考》、《金石刻题跋》、《金石奇缘》、《墨林清话》等书。叔未之兄灏曾登焦山亲拓《瘗鹤铭》五石，共拓为一大幅，并拓出'爽垲'石下有小字四行十数字，为从前金石家所未道。弟沅藏有诸女尊、祖辛敦二器，编入《集古斋款识》，又有永兴元年堂狼造之洗、晋咸和二年砖，翁学士为之铭，亦佳物也。从子柟藏有山父壬彝、禾季彝、牺形爵、乐仲洗、大吉羊洗、龙虎鹿轳灯等器，一门群从无不以金石名学。"①

民国支伟成《清代朴学大师列传》："张廷济，字叔未，浙江嘉兴人。少亲炙海盐吴懋政，学有根柢。领嘉庆戊午省解。屡蹶礼闱，不售。遂结庐高隐，以图书金石自娱。建清仪阁，古香溢翰墨间。鉴赏精审，每一器一碑入手，即能知其真伪，别其源流。所拓商周秦汉古彝鼎铭文千种，有现今及藏家所未著录者。翁方纲与之往复考论，多所辨析。所储石刻，自石鼓文以下，至宋金元亦千种。并多数十百年旧拓而其名今已全佚者。藏器中钟鼎尊彝六十馀事，绝无伪造。其周女方爵、秦始皇时度，则寰宇中称仅见焉。藏石有唐天宝七载修子产庙碑、颜鲁公玄静先生残石、苏文忠马券碑、贾刻宣示表、宋覆刻淳化残帖、金元刻兰亭诸石，率精出近刻倍倍。馀如汉晋古砖、秦汉古瓦、汉魏至宋元古官私印、周秦以来钱币，亦均不让古收藏家。里居近竹林，于耆旧书画网罗尤备。书法米南宫，草隶独出冠时。诗朴劲典核。著有《叔未金石文字》、《清仪阁题跋》、《金石奇缘》、《墨林清话》、《桂馨堂集》，各若干卷。晚年眉

---

① 清李遇孙《金石学录》，台湾新文丰出版公司《丛书集成续编》第93册第70页。

长径寸，与阮文达合摹《眉寿图》泐石，艺林传为盛事云。"①

王幼扶

据诸题跋记述，此壶的旧主人为"隐泉王氏"。按，"隐泉"为地名，位于嘉兴新篁镇北市，俗名"高士泉"，张廷济将之命名为"隐泉"。王氏一族中，得此壶者为王幼扶。王幼扶名士麟，清顺治十八年（1661）进士，官青浦县令。相关记述如下：

本册张廷济题跋云："此吾里王幼扶进士旧物。"又张廷济《清仪阁杂咏》载诗云："嘉庆癸亥八月，得时少山方壶于隐泉王氏，系国初幼扶先生进士旧物。"又云："琅琊世族溯蝉联，老物传来二百年。"又云："大好重携品隐泉。"自注："隐泉在北市刘家滨，水底遇盛夏水涸时，跳珠飞雪，汩汩靡穷，酿酒煎茶，异常甘洌。余命之曰'隐泉'。是处林木深秀，前辈李元龙先生旧居于此，因又名'高士泉'。"②又，张廷济《清仪阁杂咏·高士泉》云："高士泉，在新溪北市刘家滨，前辈李元龙先生御卜宅于此，所与游皆名家老宿，里人因名为'高士泉'。泉隐水底，余命之曰'隐泉'。"诗云："高卧元龙一百年，隐君无恙此清泉。品羞陆羽争声价，酿许欧阳重爱怜。地近不须符调水，名题已得笔如椽（壬戌春日，钱黼堂少宰为余题隐泉草堂额）。合教旧事重提起，平老（鹤松）新茶孟老（振儒）煎。"

沈铭彝题跋云："此壶藏弃琅琊王，郁林之石青浦装。"又有诗题云："赠隐泉王安期。"

周汝珍题跋云："得宝廥东忆昔缘。"自注："壶向为隐泉王氏物。"

姚湘题跋云："太原赏鉴精，摩挲想备至。"自注："旧藏王隐泉进士家。"

张公璠题跋云："兹壶藏自王隐泉，红炉拨火销榛烟。四朝历年

---

① 民国支伟成编著《清代朴学大师列传》，岳麓书社1998年版，第272页。
② 此段文字引自《清仪阁杂咏》，《阳羡名陶录》中所录此诗文字不同。

百六十，吾宗得值缗三千。"自注："王为顺治进士。"又云："时大彬仿汉方壶，明万历时物，旧藏王隐泉幼扶家。"

　　按，张廷济自题云王氏为"琅琊世族"，其姊婿沈铭彝亦题云"琅琊王"，唯姚湘题为"太原赏鉴精"，意指王氏为太原王氏。据张、沈二人为王氏同乡，且沈铭彝早年即在王家见过此壶，因此，关于王氏族系一说，当以张、沈之说为据，信为琅琊王氏。姚湘为松江府金山（今上海市金山区）人，对其氏族的记载显系有误。

　　册中记载未详王幼扶姓名、生平，故历代传述仅止于此。今据笔者考订，王幼扶名王士麟。张廷济《桂馨堂集·竹里耆旧诗》："王幼扶，名士麟，顺治十七年（1660）庚子举人，十八年（1661）辛丑进士。官青浦令。年七十，住丁溪北。廷济继祖母之曾祖。子二，元立字遥声，嗣伯圣游名士麒。文隆名铭常，子二，志永、志慎。志永字恒初，子一，大乾，殇，继遥声之次子大成，字大年。"诗曰："先生以文雄，壮岁成进士。作令无一钱，只饮青浦水。粤海尊经师（掌教广东），平原犹乞米（有与

《桂馨堂集·竹里耆旧诗》书影

族弟云生翁乞米手札①）。宅即吾家宅，弥深恭敬止。"②以上记载可详知王幼扶生平，弥补旧载之不足。

另，《明清进士题名碑录索引》③、《嘉兴历代碑刻集》④等书并载"王士麟"之名，但未详生平。

王安期

据诸题跋记载，此壶传至嘉庆初年，为王安期所有。据题跋分析，王安期当为王幼扶之后裔，亦居隐泉。张廷济的邻居葛澂为王安期之表兄。关于王安期藏壶和张廷济得壶的记载约略如下：

《阳羡名陶续录·艺文》载张廷济题诗云："闻说休文曾有句，可能载笔赋新篇？"自注："姊婿沈竹岑广文尝赋此壶贻王君安期。"

又，《清仪阁杂咏》载张廷济诸诗，版本略有区别，云："嘉庆癸亥（1803）八月，得时少山方壶于隐泉王氏，系国初幼扶先生进士旧物。"又"过眼风灯增旧感"句自注："丁巳岁（1797）孟中观携是壶，留余斋旬日，戊午（1798）冬孟化去。""知一心胶漆语新缘"句自注："王心耕上舍为余作缘得此壶。"

本册中沈铭彝题跋云："隐泉王氏藏时少山壶有年矣，余每过之，取以瀹茗，为赋长句纪其事，友人葛见岩依韵垂和，同为赏玩。"又附录旧作诗题为："赠隐泉王安期。"

张廷济《桂馨堂集·顺安诗草》卷一载葛澂题诗云："时大彬方壶，澂母家王氏藏之百数十年矣。辛酉（1801）秋日，过隐泉访安期表弟，出此瀹茗，并示沈竹岑广文诗，即席次韵。"⑤

综上所述，此壶从王幼扶始，藏于王家百数十年。嘉庆二年（1797），孟中观曾携此壶在张廷济斋中留十日（孟中观生平不详，此

---

① 按，书中附录王士麟与云生翁乞米书。
② 上海古籍出版社《续修四库全书》第1491册第761页。
③ 朱保炯等编《明清进士题名碑录索引》，上海古籍出版社1980年版，第2650页。
④ 嘉兴文化广电新闻出版局编《嘉兴历代碑刻集》，北京群言出版社2007年版，第212页。
⑤ 见上海古籍出版社《续修四库全书》第1491册第643页。

壶当时是否为孟所借用也不明）。嘉庆六年（1801），沈铭彝曾为此壶题诗，后有葛澂和诗（此时壶已明确为王安期所有）。嘉庆八年（1803）八月，由王心耕（生平不详）牵线，张廷济从王安期手中得此壶。

徐熊飞

徐熊飞（1762—1835），字子宣（一作宣子），一字渭扬，号雪庐，浙江武康（今浙江德清县）人。嘉庆九年（1804）举人，特赏翰林院典籍衔。清代著名诗人，著有《白鹄山房集》、《武康伽蓝记》、《修竹庐谈诗问答》、《春雪亭诗话》等。

蒋寅《清诗话考》第207则《修竹庐谈诗问答一卷》："陆坊问，徐熊飞答，嘉庆二十一年（1816）刊本。前有嘉庆十年（1805）乙丑夏自序，后有陆坊跋。徐熊飞（1762—1835），字渭扬，一字宣子，号雪庐、白鹄山人、十三潭逸叟。浙江武康。少孤贫，馆于上海邵澍家。嘉庆三年（1798）乡试落第，翌年阮元贡入太学应廷试，以贫病不得应试还。九年（1804）中举人，游历幕府，授翰林典籍衔。先后主讲乍浦观海、九峰书院。工诗与骈文，周镐《耆旧录序》称其'天资高而学力勤，故能淹贯众长，浩乎莫测其涯涘也'（《犊山类稿》）。著书甚多，有《武康伽蓝记》、《耆旧录》、《白鹄山房诗文钞》等二十馀种。《同治湖州府志》有传。修竹庐为上海邵澍家园名，作者前后两度馆授于邵家。前为嘉庆十年（1805）入幕府前，后为嘉庆十二年（1807）以后。此卷为嘉庆十年五月作者应进士试下第居邵家。暇日与邵童溪、陆野桥（坊）论诗之记录，仅二十一则。徐氏论诗，持论圆通。主性情而不遗规格，重法度而不忘神明，主学古而力求变化，以高、岑、王、孟为入门正轨，可见其宗尚所在。其论唐宋以后诗家，有高屋建瓴之势；论国初诸家，亦鞭辟入里，见识卓荦。有齐鲁书社1985年排印《诗问四种》本。"[1]

又，同书第208则《春雪亭诗话一卷》："徐熊飞撰，民国间刘承幹

---

① 蒋寅《清诗话考》，中华书局2005年版，第459页。

刊嘉业堂丛书本。前有自序，后有管庭芬题记、刘承幹跋。自序云：'嘉庆十年冬，客乍浦都统西将军幕府。友人以诗卷相质，零篇断什，信手登记，并出京时所见邮亭题壁，拉杂书之。春雪亭者，军中读书处也，即以颜其端云。'徐氏为当时浙江名诗人，交游甚广。沈涛《匏庐诗话》卷下云：'雪庐少孤，为当湖秦赘，遂家焉。时（郭）频伽亦从芦墟移居魏塘，故吾郡一时诗派有二，鹤湖诗客率皆瓣香《灵芬》，柘水后生亦竞规模《白鹄》。大抵两寓公之诗，虽互有得失，要皆无愧作者。'袁洁《蠡庄诗话》卷五亦称其'才情博赡，著作等身。阮芸台先生抚浙江时，最为推重'。阮元《定盦香亭笔谈》中录熊飞诗数首。熊飞曾助阮元辑《两浙盦轩录》，此书多记浙中诗人，可与《轩录》相发明，备文献之征。徐时栋《烟屿楼笔记》卷七谓其曾'专采当代杂流，若屠沽肩贩皂隶薙工纪纲狱卒诸人诗为一编，曰《锦囊集》，以见昭代人文之盛'，则徐氏固好事君子。阐幽发潜之美，不独在此一编焉。管庭芬题记谓'此卷论诗率归雅正，不染随园之习'，盖其论诗以诚为主，以发乎情止乎礼义为归（《雕菰楼诗集序》），于性灵派之失固有矫枉之意；复输心王渔洋诗学，赏爱情兴悠远之作，遂与袁枚判然二途也。此书有嘉庆二十一年（1816）刊本，与《修竹庐谈诗问答》、《雪舫斋读书书后》合刊。又有花近楼丛书本、吴兴丛书本、台湾新文丰出版公司影印丛书集成续编本。湖北省图书馆藏有梧叶书堂抄管庭芬辑丛钞十七种，内收此书，疑即花近楼丛书之底本。南京图书馆藏有丁丙旧藏抄本。"[①]

清王昶《蒲褐山房诗话新编》卷上第二七九则："渭扬生长吴兴，得山水之胜，故诗多清峭，风骨超然。与王柳村、石远梅、吴楚诸诗人弦诗斗酒，江湖名士，未能或先。阮芸台中丞开诂经精舍于西湖上，招集浙中文士三十馀人，而春华秋实，兼撷其长者，亦当以渭扬为翘楚。（《湖海诗传》卷四三）"[②]

---

① 蒋寅《清诗话考》，中华书局2005年版，第460页。
② 清王昶著《蒲褐山房诗话新编》，周维德辑校，齐鲁书社1988年版，第169页。

沈铭彝

沈铭彝（1763—1837），字纪鸿，号竹岑，浙江嘉兴人。廪贡生，候选训导，官至教谕。父可培。铭彝为张廷济之姊夫。著有《云东逸史年谱》、《后汉书注又补》、《孟庐札记》、《沈竹岑日记》、《听松阁诗》、《沈竹岑笔记》、《云门书院随笔》、《从朔编》等。

《续修四库全书总目提要（稿本）·集部》："《听松阁诗》不分卷（上虞罗氏藏手写稿本），清沈铭彝撰。铭彝字纪鸿，号竹岑，嘉兴人。廪贡生，候选训导。此本为铭彝手写，前有王钧序及自序。自序谓，幼善病，父祖不程以功课，年十四，始略知向学，若韵语，则五言试帖外，茫然不知尚有何体。年十八入都，渡江赋诗云云，父始稍稍示以规律，以从事帖括，未暇究心。嘉庆乙未秋，遭父丧，子渭璜又殒，遂得狂易疾，尽取所读书及诗文付之一炬，又欲着黄冠逃世。已念母老，强颜苟活。至丁卯春，母又亡，茕茕之中，搔首问天，间有吟咏，亦不复省忆。长夏养疴，结习未除，乃择其可联缀者，都为一册。铭彝工制艺，诗非所长，然朴茂澹雅，泂乎学人之笔。片纸流传，已足矜重，矧手写全帙。其著述已刊行者有《后汉书注又补》一卷、《孟庐札记》八卷、《姚云东年谱》一卷，独此集未刊，县志既未载，选家亦不之及，其不至湮没，幸矣。集中附载同人评语，试题下亦多钤'彦清'朱文小印。"①

罗振玉《雪堂类稿》乙《图籍序跋·云东逸史年谱跋》："竹岑先生字纪鸿，官教谕。以道光十七年卒，为张叔未先生妹夫②，精于金石之学。李氏《金石学录》曾著其名，而不详其事实，爰书其略于此。"③

张本义《白云论坛》第四卷《大连图书馆藏稿本述略》："沈铭彝《云东逸史年谱》一卷。……沈铭彝（1763—1837），字纪鸿，号竹岑，浙江嘉兴人。官至教谕，精金石学。有《沈竹岑日记手稿》等书。其父沈

---

① 中国科学院图书馆整理《续修四库全书总目提要〔稿本〕》，齐鲁书社1996年版第34册785页。
② 按，"妹夫"当为"姊夫"之误。
③ 罗振玉《雪堂类稿》乙《图籍序跋》，辽宁教育出版社2003年版，第397页。

可培（1737—1799），字养原，号蒙泉，晚号向斋。乾隆三十七年进士，历任江西上高、直隶安肃知县。馆藏有稿本《旧事重提》一册。"①

柯愈春《清人诗文集总目提要》："《听松阁诗》不分卷，沈铭彝撰。铭彝字纪鸿，号竹岑，浙江嘉兴人。可培子。以诸生候选训导。生平喜藏金石文字，隶书尤妙。嘉庆间，济南耿维祜为石门令，聘修县志。"②

葛澂

葛澂（1770—1804），字见岩，浙江嘉兴人。张廷济之近邻友好。著有《溪阳诗屋稿》。

张廷济《桂馨堂集·感逝诗》："葛弟见岩，名澂，幼孤，性至孝。嗜吟咏，善鉴别书画，与余为比邻至契，过从谭话，时至夜分。嘉庆九年（1804）甲子春，呕血卒，年三十五。无子，存有《溪阳诗屋稿》。"诗

《桂馨堂集·感逝诗》书影

① 张本义《白云论坛》第四卷，北京图书馆出版社2007版，第209页。

② 柯愈春《清人诗文集总目提要》，北京古籍出版社2002年版，中册，第1031页。

曰："有母不终养，孤儿唤奈何。家贫心力短，命尽血痕多。春草庭空长，秋灯字未磨（见岩有《秋灯课读图》）。溪阳诗屋冷，当日共高歌。"[1]

又，张廷济《清仪阁题跋·明建文权》条载："建文二年湖州府铜权，西邻故友葛见岩见于太平寺东铸铜勺船，因为余购得。"又，同书《项墨林棐几》条载，嘉兴新篁里罗汉塘萧氏家藏明代项元汴天籁阁所制之棐几，"西邻葛见岩弟为余购得，余作铭，索文鱼书之，铭曰：'棐几精良，墨林家藏。两缘遗印，为圜为方。何年流转，萧氏逻塘。火烙扶寸，牙缺右旁。断虀切葱，瘢痕数行。乾隆乙卯，载来新篁。葛澂作缘，归余书堂。拂之拭之，作作生芒。屑丹和漆，补治中央。如珊同铁，异采成章。回思天籁，劫灰浩茫。何木之寿，岿然灵光。定有神物，呵禁不祥。宜据斯案，克绰永康。爰铭其足，廷济氏张。书以付棐，其兄燕昌。"

又，清朱彭寿《安乐康平室随笔》卷五《端平重宝》附《刘光世招纳信宝》："翁氏《汇考》云：何梦华有之，张叔未所藏，乃葛见岩所赠者。"

据上述记载可知，葛澂为张廷济之近邻，工诗，喜收藏，精鉴别，曾为张廷济作缘收藏故物甚多，两人情谊可见一斑。

周汝珍

周汝珍（1746—1830），字渭洙，号东杠。浙江嘉兴人。乾隆五十七年（1792）举人，官处州遂昌训导。

张廷济《桂馨堂集·竹里耆旧诗》："周渭洙，名汝珍，号东杠。乾隆五十七年（1792）壬子举人，遂昌学官。年八十五住溪东。"诗曰："东君静者心，获赏窦（东皋师）与曹（文正相国）。长安驴车共，括苍山云高。文度年不永，遗草空诗骚（曰楸字匠门）。近嗣孙枝秀，犹见威凤毛（芝田字秀三）。"又附张廷济撰《周汝珍传》："发四子书句为

---

[1] 见上海古籍出版社《续修四库全书》第1491册，第782页。

王思正
名宗柏號濟庵年五十錢竹汀宮詹志銘
嘉興郡邑志兩浙輶軒續錄傳住溪東
先生自樹立氣傷神飛揚壯懷詩書窟蠶歲荆棘
場低心友儒宿辟性鋤豪強善繼未有艾莫嗟年
不昌

周渭洙
名汝珍號東杠乾隆五十七年壬子
舉人遂昌學官年八十五住溪東
東君靜者心獲賞寶師東皐與曹相國長安驢車共
括蒼山雲高文度年不永遺草空詩騷近門棷字近
嗣孫枝秀猶見威鳳毛芝田字

桂馨堂集
《竹里耆舊詩》
附廷濟譔先生傳
九

發四子書句為題目以作文字朝廷命名公卿
按部試隽者得上第此國家功令也不工是而
云工他文俱矣順治康熙時吾里科第者三皆
以時文名自後得隽者少工時文者有其人余
生晚未盡悉周君東杠前輩名汝珍字渭洙行
四資稟極敏妙尤善悟不多言時為後生者講
解書義聱琅琅如清唉之孤鶴乾隆四十九年
甲辰學使東武實東皐先生試嘉興府學發吾
闈其福矣二句題君以望見樹義文不過四百

餘字機神縣遠有龍門傳敘筆法東武奇之冠
其時曹其時無錫秦小峴學幕同
讀是作嘉慶初侍郎猶為余言之五十七年壬
子以余介館於嘉善閔氏館弟子少君蓋習靜
妙悟是秋省中試君子易事而難説也五句題
君之文亦絕無時染習典試者安徽曹文正公
目之曰清朗遂得隽嘉慶六年辛酉與余同應
禮部試君大挑二等為處州遂昌學官數年歸
又數年卒年八十有五子曰棷字匠門能詩蚤
卒無子以從子際唐之子芝田嗣之君熟於史

桂馨堂集
《竹里耆舊詩》
書故寶作他文能頃刻就然自以隸事繁富或
近燕雜故譁不欲存余病後之學不樂以時文
名也用略書此以告之
十

曹宏芳 戴盈科
曹有年八十六戴名
年六十六住溪西

曹翁隱酒肆戴翁隱屠門誰知市廛中乃有古道
存嘉慶庚申先兹千易南市橋高廣何
雄尊為南廛大石橋兩翁相助為理

閔廣濟
名辰發年八
十四住溪東

《桂馨堂集·竹里耆旧诗》书影

题目以作文字，朝廷命名公卿按部试，隽者得上第，此国家功令也。不工是而云工他文，俱矣。顺治、康熙时，吾里科第者三，皆以时文名。自后得隽者少，工时文者有其人，余生晚，未尽悉。周君东杠前辈，名汝珍，字渭洙，行四。资禀极敏妙，尤善悟，不多言，时为后生者讲解书义，声琅琅如清唳之孤鹤。乾隆四十九年（1784）甲辰，学使东武窦东皋先生试嘉兴府学，发'吾闻其语矣'二句题，君以'望见树'义，文不过四百余字，机神绵远，有龙门传叙笔法，东武奇之，冠其曹。其时无锡秦小岘侍郎以中书随学幕，同读是作，嘉庆初，侍郎犹为余言之。五十七年（1792）壬子，以余介，馆于嘉善闵氏，馆弟子少，君益习静妙悟。是秋，省中试'君子易事而难说也'五句题，君之文亦绝无染习典试者，安徽曹文正公目之曰清朗，遂得隽。嘉庆六年（1801）辛酉，与余同应礼部试，君大挑二等，为处州遂昌学官。数年归，又数年卒，年八十有五。子曰梽，字匠门，能诗，蚤卒，无子，以从子际唐之子芝田嗣之。君熟于史书故实，作他文能顷刻就，然自以隶事繁富，或近芜杂，故讳不欲存。余病后之学，不乐以时文名也，用略书此以告之。"①

张廷济《桂馨堂集·感逝诗》："周翁东杠名汝珍，字渭洙，住篁里

《桂馨堂集·感逝诗》书影

---

① 见上海古籍出版社《续修四库全书》第1491册，第765页。

市中青龙桥之北。资禀过人，诗文疾敏，嘉兴府学生员。乾隆甲辰（1784）窦文正公岁试第一，补廪膳生。壬子（1792）中，本省乡试三十八名，大挑，官处州遂昌训导。告归十余年，道光庚寅（1830）八月卒，年八十五。著有《舞草堂诗文集》八卷。"诗曰："梓里抡秋榜，逢君百廿年（康熙壬子，吾篁里李元龙前辈中举人，至先生发榜，相去百二十年，中间乾隆丙子魏松涛明府攀龙得中，然魏已迁住郡城矣）。清芬标白社（玉堂踵美扁陆陆堂，太史书并作记），冷署继青毡。风雨长安道（嘉庆六年辛酉，廷济偕行入都），文章下水船。孙枝今擢秀，好与护遗编。"[①]

钱善扬

钱善扬（1765—1807），字顺甫，一字慎夫，号几山，又号麂山。浙江嘉兴人。钱载之孙。长于金石考据，善鉴别。工诗，著有《几山吟稿》。又善篆刻，与文鼎（后山）、曹世模（山彦）、孙三锡（桂山）合称为"鸳湖四山"，后人辑有《鸳湖四山印谱》。

清蒋宝龄《墨林今话》卷九："秀州钱几山文学善扬，又号麂山，字慎甫。箨石宗伯孙。一门群从皆工画法，几山尤秀出班行，阮芸台宫保督学西浙时极称之。尝于鹿城李农部处见其花卉数幅，冷隽疏淡，有含蕴不尽之致，墨竹尤得乃祖箨石翁遗意。兼善山水，有自写《湖楼听雨图》。性喜啖枇杷，金丸累累，日以百计，兴到则踞床握管，且啖且画，醋嬉淋漓。尝自题其《双松画壁》云：'画所不到神到之，此法何曾向人说。'读之可以觇其所得矣。惜中年早卒，同邑蒋君花隐题其桃花遗迹一诗云：'根触红霞海上来，春风谁与倒金罍。百年鼎鼎花争发，三月堂堂去不回。古洞云封樵子路，石帆潮打暮山隈。回思前度人何在，万点飘零鬓暗催。'"[②]

俞剑华《中国美术家人名辞典》："钱善扬（1765—1807），[清]字顺甫，一字慎夫，号几山，又号麂山，秀水（今浙江嘉兴）人。诸生。载

---

① 见上海古籍出版社《续修四库全书》第1491册，第772页。
② 见上海书画出版社1998年版《中国书画全书》第十二册，第988页。

孙，书法神似董其昌，画竹石花卉渊源家学，得写生趣，兼善山水。嘉庆八年（1803）作《万玉图》，藏故宫博物院。刻印疏密相间，一以汉人为宗。长于金石考据，善鉴别。著《几山吟稿》。卒年四十三。（《清画家诗史》、《秀水县志》、《广印人传》、《墨香居画识》、《墨林今话》、《虞山画志》）"①

朱休度

朱休度（1732—1812），字介裴，号梓庐，浙江嘉兴人。乾隆十八年（1753）举人，官嵊县训导、江西新喻知县、山西广灵知县。

《清史稿》卷四七七《循吏二》："休度，字介裴，浙江秀水人。乾隆十八年举人，官嵊县训导，以荐授山西广灵知县。值大荒疫，流亡过半，休度安抚招徕。粮籍旧未清，履勘劝耕，一年而荒者垦，三年而无旷土。粮清赋办，获优叙。尤善决狱，刘杷子妻张，以夫出，饥欲死，易姓改嫁郭添保。疑郭为略卖，诘朝手刃所生子女二而自刭。休度诣验，妇犹未绝，目郭作声曰：'贩！贩！'察其无他情，谳定，杷子乃归。众曰：'汝欲知妇所由死，问朱爷。'休度语之状，并及其家某事某事。杷子泣曰：'我归愆期至此，勿怨他人矣。'稽首去。薛石头偕妹观剧，其友目送之。薛怒，刃伤其左乳，死。自承曰：'早欲杀之，死无恨。'越日，复诘之曰：'一刃何即死也？'薛曰：'刃时不料即死。'曰：'何不再刃？'薛曰：'见其血出不止，心惕息，何忍再刃？'遂以误杀论，减戍。休度尝曰：'南方狱多法轻情重，北方狱多法重情轻，稍忽之，失其情矣。'待人以诚，人亦不忍欺。周知民情，诉曲直者，数语处分，民皆悦服。数年图圄一空，举卓异。嘉庆元年，引疾归，县人恳留不得，乞其《壶山垂钓》小像勒诸石。殁后，祀名宦。休度博闻通识，尤深于诗，以其乡朱彝尊、钱载为法。任校官时，采访遗书，得四千五百馀种，撰总目上诸四库。大学士王杰为学政，任其一人以集事，时盛称焉。"

---

① 见俞剑华《中国美术家人名辞典（修订本）》，上海人民美术出版社1981年版，第1431页。

　　钱仲联主编《中国文学家大辞典·清代卷》："朱休度（1732—1812），字介裴，号梓庐，浙江秀水（今嘉兴）人。乾隆十八年（1753）举人，官嵊县训导，俸满膺荐，选江西新喻知县，调山西广灵县知县。居官有惠政，善断狱。寻引疾归。休度系明朱国祚裔孙，渊源家学，于书无所不窥，该洽宏通，诗文并造上乘。尤长于诗，以其乡朱彝尊、钱载为法。深于南宋，排比声律最精。归后主讲剡川书院，以著述为事。选《史记》、《汉书》以来文章类要以教士。偶患心疾，不能观书，则考金石文字以自娱。其在嵊县时，会四库馆广征典籍，大学士王杰任浙江学政，任其一人以集事。采遗书得四千五百二十三种，上之四库，时称盛焉。为广灵县令，暇考县之壶泉为《周礼》之呕夷川，郑玄注良是。郦道元《水经注》以滱水当之，误也。并筑巽妙轩壶山上，与僚友及乡人、学宫弟子风咏其间，署其稿为《壶山自吟》。其说经，集诸儒之言而疏通之，不自立一说。时南朝梁皇侃《论语义疏》始出，因著《皇本论语经疏考异》，考金石又著《石药记》。会将举南巡盛典，大吏嘱撰《三天竺志》，成一六卷，献之行在。另有《小木子诗三刻》、《学海观沤录》、《紫荆花下闲钞游笔》等。生平事迹见《清史稿》卷四七七《循吏二·汪辉祖传》附传、《清史列传》卷七二《文苑传三》本传、《国朝耆献类征》初稿卷二三八、《国朝先正事略》卷五二、道光《嘉兴府志·秀水列传》。"①

　　曹三选

　　曹三选，字凫谷，一作扶谷，浙江桐乡人，诸生。曾任成都府华阳县丞，著有《吹云阁词》、《古泉目录》。

　　《全清词钞》卷十七："曹三选，字凫谷，浙江桐乡人。诸生。有《吹云阁词》。"②

　　王瑞功主编《诸葛亮研究集成》："曹三选，字扶谷，桐乡人。乾隆

---

① 陆振岳撰词条，见钱仲联主编《中国文学家大辞典·清代卷》，中华书局1996年版，第153页。
② 叶恭绰编《全清词钞》，中华书局1982年版，第838页。

五十三年戊申举人，曾任成都县令。"①

艾农《旧诗今注》："曹三选，字扶谷，戊申举人，嘉兴府桐乡（今浙江省嘉兴市西南）人，曾任成都府华阳县（1965年军撤销，并入双流县）丞。"②

《西湖文献集成杭州西溪奉祀历代两浙词人姓氏录》："曹三选，桐乡人，诸生。有《吹云阁词》。"③

姚湘

姚湘，松江府金山（今上海市金山区）人。嘉庆九年（1804）甲子科举人④。生平不详。

据此题咏之落款为："芳淑愚弟姚湘。"钤印则有"吉人辞寡"、"名余曰湘"、"今韩"，共三枚。据"名余曰湘"可知，其名为"湘"。

"芳淑"，或为其字。"淑"乃水名，古名序水，又称淑浦、淑川，俗称双龙江。《楚辞·屈原〈涉江〉》："入淑浦余儃佪兮，迷不知吾所如。"即指此水。其水源出湖南省淑浦县东南山中，西北流至淑浦县城东南，又折向西流入沅江。此水在湖南境内，湖南古称"湘"，可指"湘"字与"芳淑"关联。据古人名、字相关联的原则，"芳淑"为字的可能性极大。

"今韩"，当为别号，其取义在"韩湘子"。韩湘子，原称韩湘，即传说中的八仙之一。据唐韩若云《韩仙传》载韩湘子故事，韩湘自少学道，吕洞宾度之成仙。韩湘又欲度其叔韩愈。恰逢韩愈宴集朋僚，韩湘赴宴，劝韩愈弃官学道，并呈韩愈诗，中有"解造逡巡酒，能开顷刻花"等句，韩愈斥其为异端，不从。韩湘乃以径寸葫芦酌酒遍饮座客，又以火缶载莲，顷刻开花，花上有字成联云："云横秦岭家何在，雪拥蓝关马不

---

① 王瑞功主编《诸葛亮研究集成》，齐鲁书社1997年版，下册，第1240页。
② 载《雪原文史》1995年第4期第44页。
③ 见王国平主编《西湖文献集成》第18册《西溪专辑》，杭州出版社2004年版，第236页。
④ 此据《江苏省通志稿·选举志》，江苏省地方志编纂委员会办公室供稿，江苏古籍出版社1993年版，第289页。

前。"韩愈仍不悟,乃别去。后韩愈因谏迎佛骨事被贬潮州,离家赴任,经蓝关,值大雪,马惫于道。韩湘忽至,韩愈乃悟曰:"子言验矣!"韩湘遂护送韩愈抵贬所,最后乃度其成仙。按,"今韩"的寓意,显然是表示"今之韩湘",有仙隐之意。据此可推测此当别号。

另,《清人室名别称字号索引》载"姚湘—金山—栖云馆",此资料来源不详,然据其籍贯,当知与本册题咏者应为同一人,则知姚湘有斋名栖云馆。

按,清初另有姚湘,字梦峡,余杭人。清兵陷杭,不肯剃发,随堡出,飘泊楚、粤[①]。清道咸年间另有姚仰云(1821—1869),初名湘,字楚青,号秋墅,小字佛恩,室名狮石山房,浙江绍兴府山阴(今浙江绍兴)人,乃著名目录学家姚振宗之父。晚清民国时期另有姚湘,字文藻,号芷芳,别署赋秋生,苏州人,曾任《字林沪报》主笔。此数人均同名,经考证,皆不可能是本册之题咏者。

吴骞(1733—1813)

吴 骞

吴骞(1733—1813),字槎客,号愚谷、兔床等。浙江海宁人。贡生。著名藏书家、诗人、金石学家。著有《拜经楼诗集》、《阳羡名陶录》、《论印绝句》等。

钱仲联主编《中国文学家大辞典·清代卷》:"吴骞(1733—1813),字槎客,号愚谷,别号兔床、漫叟、海槎、桃溪客、沧江缦叟、墨阳小隐、齐云采药叟、滓江渔父,室名拜经楼、百卷人家、西施亡

---

① 清王夫之《永历实录》卷十九。

国人家、小桐溪上人家。浙江海宁人。贡生。生平好读书且爱书，遇善本辄倾囊购还，细加校勘，藏书不少五万卷，百氏皆具，以经为尊，筑'拜经楼'藏之。尤喜搜罗宋元刻本，如陶渊明、谢朓诸集，皆取而重刊，学者珍之。兼好金石，藏有商鸟篆戈、吴季子剑等，曾作《拜经楼十铜器诗》赏之。早与陈鳣讲训诂之学。能诗文，四方士夫每过从，必觞咏连日，史称其诗文：'词旨浑厚，气韵萧远。晚益深造，不屑为流浴之作。'亦能画。著有《拜经楼诗集》一二卷、《续编》四卷、《愚谷文存》一四卷、《粤东怀古》二卷、《典裘购书歌》一卷、《哀兰绝句》一卷、《论印绝句》二卷、《拜经楼诗话》四卷、《国山碑考》一卷、《桃溪客语》五卷、《小桐溪吴氏家乘》八卷、《苏祠从祀议》一卷。生平事迹见于《清史列传》卷七二《文苑传》、《杭州府志》卷一四六《文苑》。"①

俞剑华《中国美术家人名辞典》："吴骞（1733—1813），[清]字槎客，号揆礼，一作葵里，一号愚谷，又号兔床山人，仁和（今杭州）贡生，世居浙江海宁。山水仿倪瓒，少有印癖，间亦治印，尤喜搜罗金石及宋元椠本。工诗词，卒年八十一。著《拜经楼集》、《阳羡名陶录》，又有《画中八仙歌》及《论印绝句》。②（《广印人传》、《两浙名画记》、《清画家诗史》）"

方廷瑚

方廷瑚，字铁珊，号幼樗，浙江石门（今属桐乡市）人。著名画家方熏之长子，嘉庆十六年（一说为嘉庆十三年）举人，官直隶平谷知县。著有《幼樗吟稿》。

龚自珍《己亥杂诗》三〇九："论诗论画复论禅，三绝门风海内传。可惜语儿溪畔路，白头无分棹归舷（方铁珊参军饯之于保阳）。""铁珊名廷瑚，父熏，字兰士，以诗画名，好佛。君有父风。年七十矣，犹宦畿

---

① 马亚中撰词条，见钱仲联主编《中国文学家大辞典·清代卷》，中华书局1996年版，第320页。
② 俞剑华《中国美术家人名辞典（修订本）》，上海人民美术出版社1981年版，第319页。

南。）"刘逸生注："方廷瑚，字铁珊，号幼樗，浙江石门人。方熏长子，嘉庆十六年举人，官直隶平谷知县，保定府经历（一说保定广盈仓大使）。著有《幼樗吟稿》。"刘逸生注引《两浙𬨎轩录·补遗》："汪福春曰：（方廷瑚）先生为雪屏先生孙，兰坻先生子。先世以能诗善画著名于时，尤喜收藏金石。先生博闻好古，能世其学，由优贡登贤书，知平谷县，以廉明称，殁于官，贫不能归榇。清风亮节，乡人交颂之。"①

《中国美术家人名辞典·补遗一编》："方廷瑚，字铁珊，一字幼樗。石门人。嘉庆十三年举人，官平谷知县。徐联奎撰方樗庵先生传云：子廷瑚，书法入晋人之室。善小楷。"（阮亨《瀛洲笔谈》）②

杨蟠

杨蟠，字旋吉，一字文朴。浙江嘉兴人，诸生。清代词人，有《晚香居词》，曾参与编录《竹垞小志》。

《西湖文献集成·杭州西溪奉祀历代两浙词人姓氏录》："杨蟠，嘉兴人。诸生。有《晚香居词》。"③

清沈爱莲《梅里词辑》卷八："杨蟠，字旋吉，一字文朴。诸生。有《晚香居诗馀》。"④

陈鳣

陈鳣（1753—1817），字仲鱼，号简庄。浙江海宁人。嘉庆三年（1798）举人。著名学者、藏书家。著有《论语古训》、《石经说》、《恒言广证》等。

《清史稿》卷四八四《文苑一》："陈鳣，字仲鱼。强于记诵，喜聚书。州人吴骞拜经楼书亦富，得善本互相钞藏。嘉庆改元，举孝廉方正。

① 刘逸生注《龚自珍己亥杂诗注》，中华书局1980年版，第369页。
② 乔晓军编著《中国美术家人名辞典·补遗一编》，三秦出版社2007年版，第24页。按，原文"方廷瑚"误作"方廷湖"，"晋人"误作"晋入"，今改。
③ 见王国平主编《西湖文献集成》第18册《西溪专辑》，杭州出版社2004年版，第236页。
④ 见《清代稿本百种汇刊·80·集部》，台湾文海出版社版，第173页。

又明年，中式举人。计偕入都，从钱
大昕、翁方纲、段玉裁游。后客吴
门，与黄丕烈定交。精校勘之学。尝
以朱梁无道，李氏既系赐姓，复奉天
祐年号，至十年立庙太原，合高祖、
太宗、懿宗、昭宗为七庙，唐亡而实
存焉；南唐为宪宗五代孙建王之玄
孙，祀唐配天，不失旧物，尤宜大书
年号，以临诸国，于是撰《续唐书》
七十卷。又有《论语古训》、《石经
说》、《经籍跋文》、《恒言广证》
诸书。卒年六十五。"

《中国文学家大辞典·清代
卷》："陈鳣（1753—1817），字
仲鱼，号简庄，又号河庄，浙江海宁人。嘉庆元年，举孝廉方正，举主阮
元手书汉隶'孝廉'、复书'士乡堂'额以赠，称许为'浙中经学之最深
者'。三年，中举人。六年，会试至京，与钱大昕、翁方纲、段玉裁质疑
问难，皆推重之。后客吴门，与黄丕烈定交。晚营果园于紫薇山麓，中构
向山阁，藏书十万卷，次第校勘。与吴骞过从甚密，吴氏拜经楼多藏书，
互为钞藏。陈鳣学宗许、郑，精于校雠之业。尝继其父志，竭数十年之心
力，成《说文正义》一书。又缀拾遗文，精审考核，辑郑注《论语》、
《孝经》、《六艺论》诸书，钱大昕称'粲然有条，诚可征信'。著有
《孝经郑注解辑》一卷、《六艺论》一卷、《对策》六卷、《论语古训》
一〇卷、《石经说》六卷、《郑康成年谱》一卷、《声类拾存》一卷、
《埤苍拾存》一卷、《经籍跋文》一卷、《续唐书》七〇卷、《恒言广
证》六卷、《简庄缀文》六卷、《诗人考》三卷、《诗集》一〇卷。生平
事迹见《清史稿》卷四八四《文苑一》、《清史列传》卷六九《儒林传下

陈鳣（1753—1817）

二》、钱泰吉《陈鳣传》。"①

张公璠

张公璠，即张祥河（1785—1862），原名公璠，字元卿，号诗舲。娄县（今上海松江）人。嘉庆二十五年（1820）进士，官至工部尚书。著有《四铜鼓斋论画集刻》、《小重山房集》等。

《清史稿》卷四二一《张祥河传》："张祥河，字诗舲，江苏娄县人。嘉庆二十五年进士，授内阁中书，充军机章京。迁户部主事，累转郎中。道光十一年，出为山东督粮道。十七年，擢河南按察使，以父忧去官。服除，仍授河南按察使，署布政使。二十二年，祥符决口合龙，赐花翎，诏以河南迭被水灾，始终克勤其事，予优叙。二十四年，迁广西布政使，擢陕西巡抚。西安、同州有刀匪扰害闾阎，祥河饬严捕百馀人置诸法，诏嘉之。三十年，文宗即位，应诏陈言，请述祖德，守成法，励官方，蠲民欠。疏入，报闻。祥河优于文事，治尚安静，不扰民，言者劾其性耽诗酒。咸丰二年，东南军事日棘，祥河奏言：'陕西兴安等地毗连楚境，应举行团练，择要防堵。惟乡勇良莠不齐，易聚难散，不如力行保甲，为缉奸良法。'三年，召还京。四年，授内阁学士，寻迁吏部侍郎，督顺天学政。六年，以病罢。病痊，仍授吏部侍郎。八年，擢左都御史，迁工部尚书。十年，加太子太保。十一年，以病乞罢。同治元年卒，谥温和。"

《中国美术家人名辞典》："张祥河（1785—1862），[清]原名公璠，字元卿，号诗舲。一号鹤在，又号法华山人。娄县（今上海松江）人。照从孙。嘉庆二十五年（1820）进士，官工部尚书。谥温和。尝客京师董相国诰邸，与袁少迂（沛）、周芸皋（凯）讲求六法。充《大清会典》绘图。仁宗六旬，进《庚辰万纪图诗画册》，称旨。写意花草宗徐渭、陈道复，山水私淑文徵明。晚年又涉石涛（道济）一派。笔颇健举，

---

① 陈汉英撰词条，见钱仲联主编《中国文学家大辞典·清代卷》，中华书局1996年版，第475页。

然气韵魄力仍是书生本色。黄钺告归，以书万卷先行，祥河为写《饯书图》，钺称其得五峰（文伯仁）意。画梅亦工。卒年七十八。有《四铜鼓斋论画集刻》、《小重山房集》、《诗龄》、《诗录》。（《墨林今话》、《桐阴论画》、《韬养斋笔记》、《怀古田舍梅统》、《清画家诗史》）"①

张上林

张上林，字心石。浙江嘉兴人。张廷济之侄。好金石篆刻，喜吟咏，亦能画。

《中国美术家人名辞典》："张上林，[清]字心石，一作号古村，浙江嘉兴人。张廷济侄。好金石篆刻，喜吟咏，有和永宁砖诗。亦能画。道光十二年（1832）尝作《竹石图》。按《云庄印话》云：'叔未（张廷济）子某，工刻印，道光壬寅、癸卯间随其父来扬州，为阮元镌印甚多。'或即其人。（《广印人传》、《名人兰竹集》）"②

杨文荪

杨文荪（1782—1852），字秀实，一字芸士，海昌（今浙江海宁）人。道光七年（1827）岁贡。好藏书，著有《逸周书王会解广注》、《两汉会要补遗》、《南北朝金石文字考》、《南宋石经考》、《希郑斋集》等。

清叶昌炽《藏书纪事诗》卷六《胡珽心耘杨文荪秀实》："文字因缘在石林，开禧插架尚森森。公书剥落生芒未，愿向琳琅秘室寻。"叶昌炽案："同时寓公海昌杨文荪，字秀实，号芸士，亦好藏书。余在罟里瞿氏见《龟溪集金》亦陶钞本，即芸士旧藏也。钱衍石给谏《杨芸墅小像赞》云：'郁天人之策而功在艺林，践退让之节而名闻东南。久不相见，何貌之癯，何思之深。诵暮年之词赋，感不绝于余心。'"注释："杨文荪（1782—1852），字秀实，号芸士、芸墅，清海昌（今浙江海宁县）人。

① 俞剑华《中国美术家人名辞典（修订本）》，上海人民美术出版社1981年版，第850页。
② 俞剑华《中国美术家人名辞典（修订本）》，上海人民美术出版社1981年版，第807页。

道光七年（1827）岁贡。自幼购求书籍，凡旧钞及难得之本，无不竭力搜罗，积十年，所藏不下五万卷，多罕见者，若宋宾王校明人钞本《周益公集》及旧钞《吴都文粹》，尚有赵诚夫的《三国志注补》、徐炯《五代史注补》、谈迁《国榷》等，皆绝有之本。藏书处曰'松乔堂'、'读五千卷室'，藏书印有'海宁杨芸士藏书之印'、'杨印文荪'、'海宁杨文荪'、'杨文荪字秀实号芸士'、'芸士等'。"①

《历代藏书家辞典》："杨文荪（1782—1852），清海宁（今浙江海宁）人。字秀实，号芸士。道光丁亥（1827年）岁贡。性好聚藏。尤嗜《说文》。所选《国朝古文汇钞》，世称精审。著有《逸周书王会解广注》、《两汉会要补遗》、《南北朝金石文字考》、《南宋石经考》、《希郑斋集》。室名有'稽瑞楼'、'述郑斋'、'璇树居'等。藏印有'芸士'、'海宁杨芸士藏书之印'、'杨文荪藏'、'璇树居藏书'等。"②

马 汾

马汾（1766？—1841？），字澹于，嘉兴人，嘉庆间贡生。著有《耨云轩词》。

清陈其元《庸闲斋笔记》卷二《科名热中之笑柄》："嘉兴马澹于明经汾，嗜学工诗，尝谓余曰：'诗人境地，亦各就其造诣为之。才力大者如清庙明堂，有宗庙之美，百官之富；小者则如竹篱茅舍，布置幽雅，亦自可人。吾才不高，只可小以成小而已，万不可贪多务得。譬之芦帘竹屋中，忽陈黄钟大吕一器，美则美矣，其如不称何！'先生累踬乡试，道光辛巳，会开恩榜，时室中窘甚，妻苦劝其不往，先生不可，典质簪珥而行。出闱，意行甚，日盼捷音。放榜日，伫立门首。会同里沈莲溪观察中式，报录者误入其家，邻人咸从之入，众口称贺。先生大喜，登楼易衣冠，命其妻为着靴，顾而矜之曰：'何如？'语未毕，楼下忽呼曰：'误矣！中举者乃沈家也。'一哄而散。先生靴犹未着竟，其妻仰而诮之曰：

---

① 清叶昌炽著《藏书纪事诗》，王锷、伏亚鹏点校，北京燕山出版社2008年版，第515页。
② 梁战、郭群一编著《历代藏书家辞典》，陕西人民出版社1991年版，第241页。

'如何？'闻之者捧腹。先生殁后数年，乃选景宁训导。"

朱德慈《近代词人考录》："马汾（1766？—1841？），字澹于，浙江嘉兴人。嘉庆间岁贡生。年七十四犹健。详光绪《嘉兴县志》卷二五、《两浙輶轩续录》卷三十。有《耨云轩词》二卷，道光二十八年刻本。""案：张廷济《耨云轩诗钞序》：'故人马澹于之叔子梦余归自楚粤，奉其尊人诗四卷、词二卷属余为序。……道光二十七年丁未十月十二日，小弟八十岁老者张廷济初稿。'因知其当生于1768年前。《耨云轩诗钞》中纪年最晚者，为卷三之《送女孙（宝月）于归张氏得诗十首时道光丁酉九月十八日也》，丁酉乃1837年。其后尚有诗一卷，历时数载。"①

壶拓流传年表

综合诸人题跋及有关文献记载，现将时大彬汉方壶拓本册流传情况列年表如下：

明万历（1573—1620）年间，时大彬制汉方壶。（本册张公璠题跋云："兹壶藏自王隐泉，红炉拨火销榛烟。四朝历年百六十，吾宗得值缗三千。"自注："王为顺治进士。"又云："时大彬仿汉方壶，明万历时物，旧藏王隐泉幼扶家。"）

清顺治十七年（1660），王幼扶（士麟）中举人。顺治十八年（1661），王幼扶（士麟）为进士，官青浦县令。年七十，住嘉兴新篁丁溪北。王幼扶为张廷济继祖母之曾祖。汉方壶为王幼扶所藏，入藏时间或在其为官青浦期间，归乡后携归新篁。（本册张廷济题跋："此吾里王幼扶进士旧物。"张廷济《桂馨堂集·竹里耆旧诗》："王幼扶，名士麟，顺治十七年（1660）庚子举人，十八年（1661）辛丑进士。官青浦令。年七十，住丁溪北。廷济继祖母之曾祖。"本册沈铭彝题跋："此壶藏弄琅

---

① 朱德慈著《近代词人考录》，中国社会科学出版社2004年版，第256页。

琊王，郁林之石青浦装。"）

清嘉庆初，汉方壶藏于王氏家中百数十年。（张廷济《桂馨堂集·顺安诗草》卷一载葛澂题诗云："时大彬方壶，澂母家王氏藏之百数十年矣。"）

清嘉庆二年（1797），孟中观携汉方壶过张廷济斋中，壶留斋中旬日。清嘉庆三年（1798）冬，孟中观去世。（张廷济《清仪阁杂咏》载诗"过眼风灯增旧感"句自注："丁巳岁（1797）孟中观携是壶，留余斋旬日，戊午（1798）冬孟化去。"）

清嘉庆三年（1798）秋，张廷济中解元。

约清嘉庆六年（1801）秋稍前，沈铭彝（竹岑）题《赠隐泉王安期弟》诗："汲泉煮茗爱高人，银钩廿字总精神。"（张廷济《桂馨堂集·顺安诗草》卷一载葛澂题诗："辛酉（1801）秋日，过隐泉访安期表弟，出此瀹茗，并示沈竹岑广文诗，即席次韵。"诗见本册沈铭彝题跋。）

清嘉庆六年（1801），张廷济与周汝珍（东杠）同至礼部应试，周汝珍获挑二等，出任处州遂昌学官。（张廷济《桂馨堂集·竹里耆旧诗》："嘉庆六年（1801）辛酉，与余同应礼部试，君大挑二等，为处州遂昌学官。"）秋日，葛澂（见岩）过隐泉访表弟王安期，王出此壶瀹茗，并示沈铭彝（竹岑）诗，葛澂即席次韵："隐泉故事话高人，……未妨桑苎目茶神。"（张廷济《桂馨堂集·顺安诗草》卷一载葛澂题诗："时大彬方壶，澂母家王氏藏之百数十年矣。辛酉（1801）秋日，过隐泉访安期表弟，出此瀹茗，并示沈竹岑广文诗，即席次韵"）

清嘉庆八年（1803）春，由监生王心耕作缘，汉方壶为张廷济所得。（本册沈铭彝题跋："隐泉王氏藏时少山壶有年矣，余每过之，取以瀹茗，为赋长句纪其事，友人葛见岩依韵垂和，同为赏玩。今年春，（廷济按：'今年春'应作'去年春'。）壶为叔未解元所得，赋诗四章，要诸同人和作"）张廷济作《时少山方壶》诗，并请侄子张上林（心石）制图拓文，装裱成册。八月，张廷济作《嘉庆癸亥八月得时少山方壶于隐泉王氏系国初幼扶先生进士旧物赠以四诗》，遍邀同人和作。（张廷济《清仪阁杂咏》载诗："嘉庆癸亥（1803）八月得时少山方壶于隐泉王氏系国初幼扶先生进士旧物"又"知一心胶漆语新缘"句自注："王心耕上舍为余作缘得此壶。"）葛澂（见岩）用前诗之韵再题诗："移向墙东旧主人，试诵新诗句有神。"（张廷济《桂馨堂集·顺安诗草》卷一载葛澂《叔未三兄得时大彬方壶于隐泉王氏赋四诗见示即叠辛酉题是壶诗韵一首》）

清嘉庆九年（1804）正月十三日，徐熊飞（雪庐）乘小舟冒雨率其子自乍浦来访张廷济，廷济出汉方壶瀹茗，雪庐叹赏甚至。春，葛澂（见岩）去世。（张廷济《桂馨堂集·感逝诗》："葛弟见岩，名澂，嘉庆九年（1804）甲子春，呕血卒，年三十五。"）四月中，徐熊飞（雪庐）缄寄题诗："少山方茗壶，……提壶相对同煎吃。"除夕，张廷济将雪庐诗抄录于册中。（本册张廷济题跋："今年正月十三日，雪庐乘小舟冒雨率其子自乍浦来访，廷济出是壶瀹茗，雪庐叹赏甚至。右诗于四月中缄寄，名篇妙制，天秀入神，洵可为名陶增重。钞录入册，以志旧雨古欢，兴会不浅。明年与雪庐春明晤对，烹茶共话，不知大雅材兴又何如也？甲子除夕，张廷济识于八砖精舍。"）除夜，沈铭彝（竹岑）复题诗于册："少山作器器不窳，……难得遭逢贤主人。"（本册沈铭彝题跋。）

清嘉庆十年（1805）中和节（二月初一日），周汝珍（东杠）题诗四首并题跋。（本册周汝珍题跋。）四月二十二日，钱善扬（几山）观赏册页并题跋。（本册钱善扬题跋。）仲夏，朱休度（梓庐）题诗二首。（本册朱休度题跋。）冬至日，曹三选（扶谷）题诗。（本册曹三选题跋。）初冬，张廷济至金山拜访姚湘（芳淑），出示拓本，嘱姚湘题诗，别后姚湘赋寄诗作。（本册姚湘题跋。）本年，吴骞（兔床）为拓本册题签"千载一时"，并题诗于册。（本册题签及吴骞题跋。）约本年，吴骞（兔床）编成《阳羡名陶续录》，收入张廷济四诗、葛澂二诗、徐熊飞、张上林、沈铭彝、周汝珍、吴骞各一诗。

清嘉庆十一年（1806）谷雨后六日，张公璠（元卿）题诗。（本册张公璠题跋。）

约清嘉庆十年（1805）至十一年（1806）期间，方廷瑚（铁珊）、杨蟠（文朴）、陈鳣（仲鱼）、张上林（心石）、杨文荪（芸墅）、马汾（令仪）分别为拓本册题诗。（本册中诸人题跋。）

题咏册文献考

《时大彬汉方壶拓本题咏册》中所见诗作题跋，见于不少史籍著录，民国前的著录大致如下：

吴骞《阳羡名陶续录》，收入张廷济四诗、葛澂二诗、徐熊飞、张上林、沈铭彝、周汝珍、吴骞各一诗。

张廷济《清仪阁杂咏》，收入《时少山方壶》、《嘉庆癸亥八月得时少山方壶于隐泉王氏系国初幼扶先生进士旧物赠以四诗》、《时少山壶赞》。

张廷济《桂馨堂集·顺安诗草》卷一，收入葛澂二诗。

方廷瑚《幼樗吟稿》卷三，收入题拓本册诗，文集中题为《张叔未以手拓时大彬砂壶墨本见寄奉题一律》。

徐康《前尘梦影录》卷下："时大彬手制砂壶，余见过甚多，仅记最佳者两壶：一刻'黄金碾畔绿尘飞，碧玉瓯中细涛起'，一则正面刻'负耒而行道，冻馁而守仁'十字，阴面刻一耕夫携一小儿。长白鹤参仙藏。"

晚清民国，徐珂《清稗类钞·鉴赏类》，记载张廷济收藏时大彬汉方壶事。

民国李景康、张虹合编《阳羡砂壶图考》，其中《前贤文翰》收入张廷济五诗、葛澂二诗、周汝珍、张上林、沈铭彝、吴骞、徐熊飞各一诗。

民国黄宾虹《虹庐谈丛·阳羡沙壶》："时大彬手制砂壶，其最佳者有两：一刻'黄金碾畔绿尘飞，碧玉瓯中细涛起'，一则正面刻'负耒而行道，冻馁而守仁'十字，阴面刻一耕夫携一小儿。砂壶之制，至时、李四家尚矣。程鸣远专制瓜果式，当世推为绝作。徐子晋见'千载一时'壶，言有冠止之叹，壶为张叔未廷济所藏，名人题咏极多，详载《顺安小草》。"①

题咏册价值论

通过前文对时大彬生平及作品的研究，以及对其所制汉方壶拓本题咏册的系列考证，在此可以对此题咏册的文史价值作一番粗略的分析和讨论。作为存世罕见的时大彬研究第一手资料，此册的价值主要体现在以下几个方面：

一，吴骞为本册所题"千载一时"签，被后世广为引用，成为形容时大彬紫砂艺术成就的经典词汇，这一点，无论站在紫砂研究史上，还是语言文字发展史上，都有无可取代的深远的历史意义。

二，时大彬传世紫砂作品极为稀少，而本题咏册中的汉方壶全形拓本和铭文拓本所保存的图像资料，为时大彬紫砂壶研究提供了又一件十分罕见的直观图像资料，由此所能生发的器形、尺寸、工艺、铭文刻款等系列研究，将极大地丰富时大彬紫砂艺术的研究空间。这件从清初传承至今的珍贵资料，流传脉络清晰，证据确凿无疑，将之作为一件时大彬紫砂作品的标准器亦无不可。同时，图像本身为解读典籍中有关的诗文论述提供了重要的凭据，丰富了研究内容。

三，从文献角度考察，本册中的诗文题跋手迹，都是可信的第一手资料，而其中的不少诗文题跋，都著录于《阳羡名陶续录》中，将此手迹与著录对照，是文献考证的重要内容。而册中未收入《阳羡名陶续录》的诗文，是对典籍的重要补充。

四，本册中的题跋者，经过考证，已经基本明确其人物生平，由此可以勾勒出张廷济生平交往中的大致状态，对研究张廷济的生平、学术和交游都有十分积极的意义。而本册中出现的人物，有些人物的名号在典籍中记载比较缺乏，根据此册中所提供的信息，可以为此提供可信的第一手资

---

① 上海书画出版社、浙江省博物馆编《黄宾虹文集·杂著编》第349页。按《顺安小草》即《顺安诗草》，载于张廷济《桂馨堂集》。

料，在人物研究上带来许多重要的新信息。

　　五，作为清代中期的名人手迹，册中的书法作品工整精湛，诗文典雅出色，具有书法艺术和文学艺术上的双重赏鉴价值。

张廷济旧藏时大彬汉方壶拓本题咏译注

张廷济题跋

时少山壶，千假一真，此吾里王幼扶进士旧物，粗砂①细做，形式古朴，字画端谨②，如此方是一时③真迹。余购得后题咏颇多，兔床山人④收[如]入《阳羡名陶续录》⑤，未尽⑥也。叔未张廷济。

钤印：廷济　张叔未

【译文】

时大彬的紫砂壶，传世千件中罕见一件真品。这是我乡王幼扶进士旧藏之物，砂质较粗而做工精细，形式古朴，款识笔画端正严谨，只有像这样的作品才是时大彬的真迹。我购得后请友人题咏颇多，兔床山人吴骞将题咏收入《阳羡名陶续录》中，但所收仍不全。叔未张廷济记。

---

① 粗砂，紫砂泥质地较粗，没有经过精细澄练的砂土。早期紫砂器制作，多用粗砂。
② 端谨，端庄谨严。
③ 一时，指时大彬。语出周高起《阳羡茗壶系·别派》："明代良陶让一时。"
④ 兔床山人，即吴骞。
⑤ 《阳羡名陶续录》，吴骞著。
⑥ 未尽，没有收录完全。按，吴骞《阳羡名陶续录》中收录的本册题跋，较之此册所存尚有遗漏，故张廷济说"未尽也"。

徐熊飞诗　张廷济题跋

少山方茗壶，其实强半升①。名陶出天秀②，止水③涵春冰④。良工举手见圭角⑤，那能便学苏摸棱⑥。凛然若对端正士⑦，性情温克⑧神坚凝⑨。风尘沦落复见此，真书⑩廿字铭厥⑪底。削竹栔刻⑫妙入神，不信芦刀能刻髓⑬。王濛⑭故物藤匧⑮封，岁久竟归张长公⑯。八砖精舍⑰水云

---

① 其实强半升，容量半升有余。实，容量。强，有余，略多于。《木兰诗》："策勋十二转，赏赐千百强。"升，容量单位。明代一升约合今1073.7毫升，清代一升约合今1035.5毫升。

② 天秀，天地灵秀之气。此指紫砂泥的天然美质。

③ 止水，静止的水。《庄子·德充符》："仲尼曰：'人莫鉴于流水而鉴于止水。'"成玄英疏："止水所以留鉴者，为其澄清故也。"南朝梁王僧孺《从子永宁令谦诔》："邈若凝云，洁如止水。"

④ 春冰，春天的冰。古籍多以喻指危险的境地或容易消失的事物。《尚书·君牙》："心之忧危，若蹈虎尾，涉于春冰。"此处形容壶中之水清澈晶莹如春天之冰。

⑤ 圭角，指棱角。此处比喻锋芒、特点。《礼记·儒行》"毁方而瓦合"郑玄注："去己之大圭角，下与众人小合也。"孔颖达疏："圭角谓圭之锋铦有楞角，言儒者身恒方正，若物有圭角。"良工举手见圭角，形容技艺高超的匠人一出手就有不俗的表现。

⑥ 苏摸棱，又作"苏模棱"，即模棱两可，犹豫不果断。语出《旧唐书》卷九十四《苏味道传》："味道善敷奏，多识台阁故事，然而前后居相位数载，竟不能有所发明，但脂韦其间，苟度取容而已。尝谓人曰：'处事不欲决断明白，若有错误，必贻咎谴，但模棱以持两端可矣。'时人由是号为'苏模棱'。"

⑦ 端正士，言行端正严谨的人。

⑧ 温克，温和恭谨。语出《诗经·小雅·小宛》："人之齐圣，饮酒温克。"郑玄笺："中正通知之人，饮酒虽醉犹能温藉自持以胜。"本指醉酒后能蕴藉自持，后以描写人持有温和恭敬的态度。

⑨ 坚凝，形容坚定稳重的气度。

⑩ 真书，楷书，正书。

⑪ 厥，其。

⑫ 栔，同"契"。契刻，镌刻文字。

⑬ 芦刀能刻髓，语出北周庾信《道士步虚词十首》之十："成丹须竹节，刻髓用芦刀。"按，唐段成式《酉阳杂俎》卷十八《仙树》云："祁连山上有仙树实，行旅得之止饥渴，一名四味木。其实如枣，以竹刀剖则甘，铁刀剖则苦，木刀剖则酸，芦刀剖则辛。"按，"不信芦刀能刻髓"，表示不相信只有传说中的芦刀才能刻出仙树的精髓。即隐喻时大彬用竹刀刻铭文，也能出神入化，妙得神髓。

⑭ 王濛，字仲祖，东晋哀靖皇后之父。善隶书，美姿容，与沛国刘惔齐名并友善，当时凡称风流者，举王濛、刘惔为宗。传见《晋书》卷九十三《外戚传》。按，此处以王濛代指此壶的原藏者王幼扶，这是诗歌创作中的常用手法，本册题跋诗词中类似例子甚多。

⑮ 匧（qiè），古同"箧"。藤箧，藤竹编制的储物箱笼。

⑯ 张长公，即张挚，字长公。西汉廷尉张释之之子。《史记·张释之冯唐列传》："其（张释之）子曰张挚，字长公，官至大夫，免。以不能取容当世，故终身不仕。"索隐："谓性公直，不能曲屈见容于当世，故至免官不仕也。"陶渊明《张长公》诗："远哉长公，萧然何事？世路多端，皆为我异。敛辔朅来，独养其志。寝迹穷年，谁知斯音。"后世遂以张长公代称隐居不仕的人。此处代指张廷济。

⑰ 八砖精舍，张廷济斋名，因得汉晋砖八种而得名。徐珂《清稗类钞·鉴赏类·张叔未得汉晋八

静，我来正值梅华风①。携壶对客不释手，形模②大似提梁卣③。春雷行空蜀山④破，乱点碙砂灿星斗⑤。几经兵火完不缺，临危应有神灵守。薄技堪为一代师，姓名独冠陶人首。吾闻美壶如美人，气韵幽洁肌理匀。珍珠结网⑥得西子，便应扫却蛾眉群。又闻相壶如相马，风骨权奇⑦势矜雅⑧。孙阳一顾获龙媒⑨，十万骊黄⑩皆在下。多⑪君好古鉴别精，搜罗彝

（续）————

砖于海盐》："乾隆乙卯四月，张叔未以己亥秋海盐有海现之异，（原注：相传数十年辄有数日海潮，远退数十里。大风飏去浮沙，见井灶街墓基址，名曰海现。）城内外古甓累累，大半海现时所出，率为麻布文，数十中有，一二有文字，因买舟往觅之，至则见渔舍短檐中有蜀师砖数枚，以百钱购之。其比邻孺见破砖可易钱，咸搜索以出，乃雇渔人担之以归舟。凡得汉晋砖八，因名读书处曰八砖精舍。"

① 梅华风，即梅花风，春天最早的风。宋陈元靓《岁时广记》卷一《花信风》："《东皋杂录》：江南自初春至初夏，五日一番风候，谓之花信风。梅花风最先，楝花风最后，凡二十四番。"

② 形模，行状，样子。

③ 提梁卣（yǒu），青铜器形制之一，用以盛酒，盛行于商代和西周初期。一般为椭圆口，深腹，圈足，有盖和提梁。

④ 蜀山，位于宜兴县丁蜀镇，原名独山，相传苏东坡暮年在此定居，并办起了东坡书院，后人为纪念他，遂把独山更名为蜀山。周高起《阳羡茗壶系·别派》："陶穴环蜀山，山原名独，东坡先生乞居阳羡时，以似蜀中风景，改名此山也。祠祀先生于山椒，陶烟飞染，祠宇尽墨。按《尔雅·释山》云，独者，蜀。则先生之锐改厥名，不徒桑梓殷怀，抑亦考古自喜云尔。"

⑤ 碙（gāng）砂，土中的粗砂粒。乱点碙砂灿星斗，因时大彬所制此壶采用了铺砂或调砂的手法，所以会在器表形成灿若星斗的效果。周高起《阳羡茗壶系·大家》记述时大彬所制壶称："或淘土，或杂碙砂土，诸款具足，诸土色亦具足，不务妍媚而朴雅坚栗，妙不可思。"

⑥ 珍珠结网，用珍珠编织成网。佛教中有"因陀罗网"之说，在忉利天王的宫殿里，有一种用宝珠结成的网，一颗颗宝珠的光，互相辉映。此处以"珍珠结网"喻指吴王夫差的华丽宫殿。

⑦ 权奇，奇谲非凡。多形容良马善行。《汉书·礼乐志》："太一况，天马下，沾赤汗，沫流赭。志俶傥，精权奇。"王先谦补注："权奇者，奇谲非常之意。"《文选·颜延之〈赭白马赋〉》："雄志倜傥，精权奇兮。"张铣注："权奇，善行貌。"

⑧ 矜雅，端庄雅致。

⑨ 孙阳，即伯乐。《庄子·马蹄》"及至伯乐曰：'我善治马'"唐陆德明释文："伯乐姓孙，名阳，善驭马。石氏《星经》云：'伯乐，天星名，主典天马，孙阳善驭，故以为名。'"一顾，看一眼。龙媒，指良马。《汉书·礼乐志》："天马徕龙之媒。"颜师古注引应劭曰："言天马者乃神龙之类，今天马已来，此龙必至之效也。"后世遂称骏马为"龙媒"。孙阳一顾获龙媒，相传古时有卖骏马之人，接连几天等在集市上，但没有人搭理他。于是他请伯乐相助，伯乐绕马细看了一圈，临走时又回头看了一眼。第二天，骏马就以比原来高十倍的价钱卖了出去。事见《战国策·燕策二》。按，此处用伯乐一顾的典故以形容时大彬此壶因得到张廷济的赏识而更显珍贵。

⑩ 骊黄，黑马和黄马。泛指马。

⑪ 多，此处表示欣赏、敬佩。

器①陈纵横。纸窗啜茗志金石，烟篁②绕舍泉清泠。东南风急片帆直，我今遥指防风国③。它日重携顾渚茶④，提壶相对同煎吃。

武康徐雪庐孝廉与廷济同为中丞阮夫子⑤门下士，嘉庆戊午⑥，雪庐以优行贡入成均⑦，是秋，廷济举于乡，因又为同岁⑧友。今年正月十三日，雪庐乘小舟冒雨率其子自乍浦来访，廷济出是壶瀹⑨茗，雪庐叹赏甚至⑩。右诗于四月中缄寄，名篇妙制，天秀入神，洵可为名陶增重。钞录入册，以志旧雨⑪古欢⑫，兴会⑬不浅。明年与雪庐春明⑭晤对⑮，烹茶共话，不知大雅材兴又何如也？甲子⑯除夕，张廷济识于

---

① 彝器，古代宗庙常用的青铜祭器的总称。如钟、鼎、尊、罍之属。泛指青铜器之类的古器物。
② 烟篁，指成片的竹林。因竹林葱郁，晨多雾气，故称。
③ 防风，古代传说中部落酋长名。《国语·鲁语下》："丘闻之，昔禹致群神于会稽之山，防风氏后至，禹杀而戮之。其骨节专车。"防风国，即指会稽（今浙江绍兴）。
④ 顾渚，今浙江长兴。顾渚茶，顾渚山区所产的紫笋茶。茶芽色带紫，芽形如笋，条索紧裹，沸水冲泡，芳香扑鼻，汤色清朗；茶叶舒展后，呈兰花状，观之楚楚诱人，尝之齿颊甘香，生津止渴，回味无穷。茶圣陆羽曾经隐居湖州，品尝此茶后认为芳香甘冽，"冠于他境，可荐于上"，遂推荐给皇帝。唐大历五年（770）开始在顾渚山建贡茶院，每年清明前督制"顾渚紫笋"饼茶。顾渚紫笋茶不仅采制讲究，而且沏茶用水也非当地的金沙泉水不可。"顾渚茶，金沙泉"也由此得名。贡茶要在每年的清明节送达都城长安，用来先荐宗庙，然后分赐近臣，为唐代皇帝清明宴时的必用品。至清顺治三年（1646），茶院废除，前后共延续八百多年。
⑤ 中丞阮夫子，即阮元（1764—1849），字伯元，号芸台，又号雷塘庵主，晚号怡性老人，扬州仪征人。阮元曾在浙江任巡抚约十年，故张廷济成为其门下士。
⑥ 嘉庆戊午，即嘉庆三年（1798）。
⑦ 成均，古代时称大学为成均。唐代曾改国子监为成均监，清代以此作为"国子监"的雅称。贡，即拔贡。科举制度中选拔贡入国子监的生员的一种。清制，初定六年一次，乾隆七年改为每十二年（即逢酉岁）一次，由各省学政选拔文行兼优的生员，贡入京师，称为拔贡生，简称拔贡。同时，经朝考合格，入选者一等任七品京官，二等任知县，三等任教职；更下者罢归，谓之废贡。以优行贡入成均，即表示以品学优等，拔贡入国子监。
⑧ 同岁，又称"同年"，古时指在同届科举考试中被录取的人。
⑨ 瀹（yuè），煮。
⑩ 甚至，至极，达到极点。
⑪ 旧雨，老友的代称。语出杜甫《秋述》："常时车马之客，旧，雨来；今，雨不来。"表示过去宾客遇雨也来，而今遇雨却不来了。后以"旧雨"作为老友之称。
⑫ 古欢，好古之乐。
⑬ 兴会，偶有所感而产生的意趣。
⑭ 春明，即唐都长安春明门，长安城门名，为城东三门之中门。后世指代京城。
⑮ 晤对，会面交谈。
⑯ 甲子，即嘉庆九年（1804）。

八砖精舍。

钤印：张氏叔未　八砖精舍

【译文】

时大彬所制的这件汉方壶，其容量略多于半升。紫砂名陶集天地之灵秀，一壶静水犹如蕴含着春冰。出众的工匠一动手就显出气度锋芒，他怎么会像那些俗人那样手下模棱两可？端详此壶，其凛然之态仿佛面对一个端正方刚的义士，它的性情温和恭谨，神情坚定稳重。时光飞逝，风尘沦落，如今又见此壶，壶底有楷书镌刻的二十字铭文。铭文用竹刀契刻，精妙有神，谁说只有传说中的芦刀才能刻出精髓。当年王家的旧物曾封藏于竹编的箱笼中，多年以后竟然已归张君收藏。张氏的八砖精舍外水静云柔，我到来正是春天最早的梅花风吹拂之时。张君手携此壶，对着客人爱不释手，其壶的形状很像古代的提梁卣。春雷掠过天空打破了蜀山的宁静，壶身上粗砂点点，犹如此时夜空灿烂的星斗。虽然几经兵火，但壶身仍然完好无缺，当它面临危险之际，大概是有神灵所守护。制壶虽然是小技艺，但时大彬堪称一代宗师，他的姓名在制陶艺人中独占鳌头。我听说好的紫砂壶就如美人，其气韵清幽洁净，肌理丰匀。西施来到了吴王用珍珠编成宝网的宫殿中，此时其他的美女就黯然失色。我又听说相壶就如相马，要看它风骨非凡气息端庄雅致。宝马一旦获得伯乐的垂青，万千凡马顿时匍匐于下。我敬佩张君的好古之情，且精于鉴别，他广泛搜罗古代彝器，在斋中纵横陈列。张君闲坐窗前，品着好茶研究金石，葱葱的竹林环绕着屋舍，舍边山泉清澈寒冷。东南风强劲地吹来，船帆已经鼓起，我即将前往会稽。待我再来拜访时，将携来顾渚茶，与你一起提壶煮茶，相对品茶畅谈。

武康徐熊飞雪庐孝廉与我都是阮元中丞先生的门下弟子，嘉庆三年（1798），雪庐因为品学优异被拔贡入学国子监，而就在这一年秋天，我也在家乡中举，因此又和雪庐成了同年。今年正月十三日，雪庐带着他儿子乘小船冒雨从乍浦来嘉兴相访，我取出此方壶泡茶，雪庐对此壶大加赞赏。右侧所录的诗是雪庐于今年四月中旬寄来的，佳作名篇，文采绝妙，精彩入神，真足以为此件紫砂名品增色，因此我将此诗抄录入册中，用以记载老友的情谊和我们的好古之情，这样的兴致真是难得。明年我将再与雪庐于京城相聚，那时烹茶而谈，不知他又将有何等的雅兴和佳作？嘉庆九年（1804）除夕，张廷济记于八砖精舍。

沈铭彝题跋

少山作器器不窳①，罨画溪②边劚③轻土。后来规仿十数家，逊此形模带奇古。此壶藏弆④琅琊王⑤，郁林之石⑥青浦⑦装。情亲童稚摩挲惯，赋诗共酌春泉香。艺林胜事诚非偶，一朝竟落名士手。清仪阁⑧下檇李亭⑨，罨

---

① 不窳（yǔ），精致不粗劣，没有瑕疵。《韩非子·难一第三十六》："圣人明察在上位，将使天下无奸也。今耕渔不争，陶器不窳，舜又何德而化。"

② 罨（yǎn）画，色彩鲜明的绘画。明杨慎《丹铅总录·订讹·罨画》："画家有罨画，杂彩色画也。"多用以形容自然景物或建筑物等的艳丽多姿。罨画溪，在今湖州长兴县西。《太平寰宇记》卷九十二《宜兴县》："圻溪今俗呼为罨画溪，在县南三十六里，源出悬脚岭，东流入太湖。"《明一统志》卷四十："罨画溪在长兴县西八里，古木夹岸，丛筱翳其下，朱藤蔽其上，如是者十里，花时游人竞集。有罨画亭，唐郑谷诗：'顾渚山边郡，溪将罨画通。'"

③ 劚（zhú），挖。

④ 藏弆（jǔ），收藏。

⑤ 琅琊王，即琅琊王氏，东晋和南北朝时期的士族之一，与太原王氏并称为王氏的两大族系。明清之际，王锡爵一族源出太原王氏，王世贞一族源出琅琊王氏。此壶旧藏者王幼扶属琅琊王氏。

⑥ 郁林之石，《新唐书·隐逸传·陆龟蒙》："陆氏在姑苏，其门有巨石。远祖绩尝事吴为郁林太守。罢归无装，舟轻不可越海，取石为重。人称其廉，号'郁林石'，世保其居云。"后以"郁林石"作为居官清廉的典故。此处隐喻为官清廉者的传家之宝。

⑦ 青浦，今上海市青浦区。按，据张廷济记载（详见前文《题咏册人物考》之"王幼扶"条），王幼扶曾官青浦县令，故有此说。

⑧ 清仪阁，张廷济之斋名。

⑨ 檇李亭，由张廷济之父、新篁名医张镇（字起也、芑也）所建。张镇于乾隆年间从净相寺移种檇李数株于家中，建小檇李亭，并绘《仙根分种》图，遍求名家题咏，题识者有浙江巡抚阮元、嘉兴知府李赓芸、著名学者吴骞、陈鳣等。后亭毁于战乱，图亦下落不明。徐士燕《竹里述略》载："醇雅堂，宅后有小檇李亭，沈带湖叔埏书额。嘉庆初，（张镇）从净相寺移栽檇李，因建此亭，即以自号。顺安（张廷济）诗：'我思先子昔所嗜，采摘不惮汗流珠。分栽结亭十年久，累累斑斑新露腴。'即此。尝作《仙根分种》图，中丞阮公、郡守李公皆有题。嘉庆戊辰（1803），海昌吴兔床骞为集题是图，同题者陈鳣仲鱼、陈半来、陈受笙、查荠湖五君子。"按，檇李是中国李的古老良种，盛产于嘉兴，以净相寺种植者最佳，至清初最为鼎盛。

羃①茶烟浮竹牖②。庐陵③妙句清通神，细书精刻藏颜筋④（壶底刻黄金碾畔云云，欧阳文忠⑤公句也）。我今对之感旧雨，君方得以张新军⑥。商周吉金⑦案头列，殿⑧以瓦注⑨光璘彬⑩（叔未藏古铜器甚）。壶兮壶兮为称贺，难得遭逢贤主人（余昔得圜壶于同里赵王孙，以赠君家小阮⑪心石⑫，赋诗先之，云："我非不重王孙惠，要今更得贤主人。"与此壶之归叔未，皆得其所）。

隐泉王氏藏时少山壶有年矣，余每过之，取以瀹茗，为赋长句纪其事，友人葛见岩依韵垂和⑬，同为赏玩。今年春（廷济按："今年春"应作"去年春"），壶为叔未解元所得，赋诗四章，要⑭诸同人和作，见岩叠前韵以赠，余则诺之而未暇以为也。岁聿云暮⑮。叔未书来敦促前约，乃走笔作此，不独记吾叔未风雅之盛，好古之缘，亦以见念旧述怀，即一物之微，而情文相生，有如是也。嘉庆甲子⑯除夜，竹岑沈铭

----

① 羃歷（mì lì），同"羃历"，烟雾弥漫貌。《类篇》："歷，狼狄切。羃歷，烟貌。"
② 竹牖（yǒu），竹窗。
③ 庐陵，指欧阳修。欧阳修为庐陵吉水（今属江西）人。
④ 颜筋，形容唐代大书法家颜真卿笔力含筋骨。宋陆游《唐希雅雪鹊》诗："我评此画如奇书，颜筋柳骨追欧虞。"
⑤ 欧阳文忠，即欧阳修，谥"文忠"。按，此汉方壶铭款诗句的作者，实非欧阳修，而为范仲淹，参见前文"汉方壶款识考"。
⑥ 张新军，扩充新兵。此处比喻增添藏品。《韩非子·初见秦》："今天下之府库不盈，仓空虚，悉其士民，张军数十百万。"
⑦ 吉金，指鼎彝等古器物。古以祭祀为吉礼，故称铜铸之祭器为"吉金"。
⑧ 殿，殿后，压阵。
⑨ 瓦注，本指以瓦器为赌注，喻贱物轻掷。此处引申为注水的茶壶。
⑩ 璘彬，光彩缤纷貌。《文选·张衡〈西京赋〉》："珊瑚琳碧，瓀珉璘彬。"薛综注："璘彬，玉光色杂也。"
⑪ 小阮，本指晋阮咸。此指侄儿。阮咸与叔父阮籍都是"竹林七贤"之一，世称阮咸为小阮，后借以称侄儿。
⑫ 心石，即张上林，张廷济之侄。参见本书"题咏册人物考"。
⑬ 友人葛见岩依韵垂和，按，葛澂（见岩）和诗，即指《阳羡名陶续录·艺文》所载《时大彬方壶，澂一家王氏藏之百数十年矣。辛酉秋日，过隐泉访安期表弟，出此瀹茗，并示沈竹岑诗，即席次韵》。详见本书附录《时大彬汉方壶题咏补遗译注》。
⑭ 要，通"邀"。
⑮ 岁聿云暮，同"岁聿其莫"，指一年将尽。聿，语助词；莫，"暮"的古字。《诗经·唐风·蟋蟀》："蟋蟀在堂，岁聿其莫。"
⑯ 嘉庆甲子，即嘉庆九年（1804）。

彝并识。

附录《赠隐泉王安期》，弟旧作，请正：

汲泉煮茗爱高人，把玩宜壶妙绝伦。雅称都篮①偕陆羽②，闲分小勺并龚春。芦帘纸阁③能添静，旧履遗簪④敢忘珍？怪底⑤盛名传艺事，银钩⑥廿字总精神。

钤印：铭彝　东州书圃　竹窝

【译文】

时大彬在罨画溪边淘挖紫泥，他所制作的紫砂壶精致没有瑕疵。后来模仿他的人有十数家，但形制都比不上他的高古奇特。这件汉方壶曾收藏在琅琊王氏家中，它世世代代都是王家的传家之宝。家人和儿童时常摩挲把玩，取来春日的山泉，煮茶赋诗，香缭一室。艺林的佳话确实并非偶然，忽然有一天，这方壶又落到了名士张君手中。在张氏的清仪阁下有小携李亭，迷离的茶烟飘浮在竹窗之下。壶底镌有欧阳修的妙句，诗句清通有神，精致细微的书法中蕴含着颜真卿法书的筋骨（壶底

---

① 都篮，用以盛茶具或酒具木竹篮。唐陆羽《茶经·都篮》："都篮以悉设诸器而名之。以竹篾内作三角方眼，外以双篾阔者经之，以单篾纤者缚之。"宋梅尧臣《尝茶和公仪》："都篮携具向都堂，碾破云团北焙香。"清朱彝尊《沉上舍季友南还诗以送之凡三十四韵》："都篮茶具列，月波酒槽压。"

② 陆羽（733—804），字鸿渐，号竟陵子、桑苎翁等。唐复州竟陵（今湖北天门）人。一生嗜茶，所著《茶经》为世界第一部茶叶专著，被誉为"茶圣"。

③ 芦帘纸阁，用纸糊贴窗、壁的房屋，一般指贫者之居。白居易《香炉峰下新卜山居，草堂初成，偶题东壁》："来春更葺东厢屋，纸阁芦帘著孟光。"陆游《纸阁午睡》诗："纸阁砖炉火一枕，断香欲出碍蒲帘。"

④ 旧履遗簪，亦作"遗簪坠履"。《韩诗外传》卷九："孔子出游少源之野，有妇人中泽而哭，其音甚哀。孔子怪之，使弟子问焉，曰：'夫人何哭之哀？'妇人曰：'乡者刈蓍薪而亡吾蓍簪，吾是以哀也。'弟子曰：'刈蓍薪而亡蓍簪，有何悲焉？'妇人曰：'非伤亡簪也，吾所以悲者，盖不忘故也。'"汉贾谊《新书·谕诚》："昔楚昭王与吴人战，楚军败，昭王走，屦决眦而行失之，行三十步，复旋取屦。及至于隋，左右问曰：'王何曾惜一踦屦乎？'昭王曰：'楚国虽贫，岂爱一踦屦哉？思与偕反也。'自是之后，楚国之俗无相弃者。"后人合两事为"遗簪坠履"或"遗簪弊履"，比喻顾念旧物或故情。《北史·韦夐传》："昔人不弃遗簪坠屦者，恶与之同出，不与同归。吾之操行，虽不逮前烈，然舍旧录新，亦非吾志也。"

⑤ 怪底，难怪。

⑥ 银钩，"银钩铁画"的略语，比喻道媚刚劲的书法。唐欧阳询《用笔论》："徘徊俯仰，容与风流。刚则铁画，媚若银钩。"

刻有"黄金碾畔"等款字，是欧阳修的诗句）。我今天面对此壶，怀念起我旧日的挚友；而你得到此壶，正可以扩充收藏中的新品。商周青铜器陈列在案头，再以这陶制的砂壶压阵，更加光彩缤纷（叔未收藏古代铜器甚多）。砂壶啊砂壶我应该为你祝贺，多么难得遇到这样贤明的主人（我以前曾从同乡赵氏子孙手中得到一把圆壶，赠送给了张君的侄儿上林，当时也有赋诗，诗中说："我不是不看重赵王孙的恩惠，更主要的是让此壶得到了更好的归属。"那把圆壶归上林和这汉方壶归叔未，都是各得其所的）。

隐泉王氏收藏时大彬的汉方壶已经有多年了，我每次拜访王氏，他都取出此壶烹茶，因此我作了长诗记载此事。友人葛澂（见岩）曾依韵和诗，同为赏玩，今年春（廷济按："今年春"应作"去年春"）。此壶被叔未解元所得，叔未赋诗四首，并邀请各同人和作，葛澂用前一首的韵复作诗以赠，而我应允以后，一直没有空暇作成。匆匆一年将尽，张廷济来信敦促我履行前约，于是走笔写成，此诗不仅仅用来记录叔未的风雅之气、好古之缘，也用以表明人的怀旧之情，即便是区区微小之物，勾起人的情感，启发人的文思，就像此物一样。嘉庆九年（1804）除夕之夜，竹岑沈铭彝并记。

附录《赠隐泉王安期》，这是我的旧作，一并请正：

汲来山泉，烹煮香茗，这是令人羡慕的高人之态。手中把玩宜兴的紫砂壶，真是精妙绝伦。竹篮中装着茶器，与陆羽这样的茶客同行堪称雅事，将炉上的沸水分一勺倒入龚春壶中。居舍虽然清寒，但气息清静，这些故情旧物岂能使我忘怀。难怪时大彬的盛名传颂于艺林之中，且看他那银钩铁画的二十个款字是何等精神！

周汝珍题跋

叔未三表台①得时大彬方壶，命小阮心石图之，装池成册，自赋长句

---

① 表台，对表亲的敬称。

四章，过我索题，遂依韵以报：

陶家妙手重时壶，腰腹彭亨[1]体制殊。合诧王敦先击节[2]（时雪泉王子在座）。未容李贺漫操觚[3]。披图陡觉愁眸豁，注水能蠲[4]渴吻枯。今日排沙真见宝[5]，笑他柴汝[6]旧形模。

楷字双钩[7]六一铭[8]，素瓷[9]云起满春庭。摩挲法物[10]供清秘[11]（君藏商周彝器甚夥），历鹿[12]高轩[13]聚德星[14]。三雅便堪称伯仲[15]（季

---

[1] 彭亨，鼓胀，胀大貌。唐韩愈《石鼎联句》诗序："龙头缩菌蠢，豕腹涨彭亨。"按，此处形容汉方壶身四侧的突起。

[2] 王敦先击节，典出南朝宋刘义庆《世说新语·豪爽》："王处仲（王敦）每酒后辄咏'老骥伏枥，志在千里。烈士暮年，壮心不已'。以如意打唾壶，壶口尽缺。"后以此形容感情激昂。按，此处以王敦代指王雪泉。

[3] 李贺漫操觚，事见五代王定保《唐摭言》卷十："李贺，字长吉，唐诸王孙也。父瑨肃，边上从事。贺年七岁，以长短之制名动京华。时韩文公与皇甫湜览贺所业，奇之……二公因连骑造门，请见其子。既而总角荷衣而出，二公不之信，因面试一篇，承命欣然，操觚染翰，旁若无人，仍目曰《高轩过》。"操觚（gū），执简。指写作。

[4] 蠲（juān），除去。

[5] 排沙真见宝，即排沙简金，沙里淘金。比喻从大量东西中挑选精华。语出《世说新语·文学》："孙兴公云：'潘文烂若披锦，无处不善；陆文若排沙简金，往往见宝。'"

[6] 柴汝，柴窑和汝窑。柴窑，古代著名瓷窑之一。窑址在今河南省郑州市一带。传为五代周世宗柴荣下令建造，故名。当时称为御窑，到宋代始称柴窑。相传所烧瓷器，质地甚佳，有"青如天，明如镜，薄如纸，声如磬"之誉。汝窑，北宋著名的瓷窑之一。窑址在今河南省临汝县境内，古属汝州，故名。北宋元祐初年曾继定窑之后为宫廷烧制瓷器，与官窑、钧窑、哥窑、定窑合称五大名窑。所产瓷器，胎骨深灰色，釉色近于雨过天青或淡白，釉汁莹厚滋润，或有棕眼隐纹像蟹爪。

[7] 双钩，本为摹写字迹的一种方法。即用线条钩出所摹字的轮廓，钩成空心笔画的字体。如中间填墨，则称"双钩廓填"。宋姜夔《续书谱·临》："双钩之法，须得墨晕不出字外，或郭填其内，或朱其背，正得肥瘦之本体。"此处表示此壶底的时大彬款字是落墨后镌刻的。此种手法，类似于篆刻中的双刀刻款，与直接用刀刻字的单刀法不同。

[8] 六一铭，指以欧阳修诗句所刻的铭文。按，实为范仲淹诗句，参见本书《汉方壶款识考》。

[9] 素瓷，素面不加装饰的本色瓷器。此句说明此壶没有施釉、雕花等外饰。

[10] 法物，指制作技艺精湛的器物。

[11] 清秘，清净秘密之所。通常指珍藏宝物之处。

[12] 历鹿，象声词。《广雅·释器》："维车谓之历鹿。"王念孙疏证："《方言》：轳车，赵魏之间谓之辚轳车……'辚轳'与'历鹿'同。"按，历鹿，象车轮滚动之声。汉王延寿《王孙赋》："蜷蜿蹲而狗踞，声历鹿而喔咿。"

[13] 高轩，高车。贵显者所乘。亦借指贵显者。南朝陈徐陵《与杨仆射书》："高轩继路，飞盖相随。"

[14] 德星，古以景星、岁星等为德星，认为国有道有福或有贤人出现，则德星现。《史记·孝武本纪》："望气王朔言：'候独见其星出如瓠，食顷复入焉。'有司言曰：'陛下建汉家封禅，天其报德星云。'"司马贞索隐："今按：此纪唯言德星，则德星，岁星也。岁星所在有福，故曰德星也。"南朝宋刘敬叔《异苑》卷四："陈仲弓从诸子侄造荀季和父子，于时德星聚。太史奏：'五百里内有贤人聚。'"此处"聚德星"即表示贤人聚会的意思。

[15] 三雅，本指酒器。此借指茗壶。《太平御览》卷八四五引《典论》："刘表有酒爵三，大曰伯雅，

勤①、心石各得一壶②，皆古泽可爱），八砖③兼可载图经④。同时好手龚春⑤在，怎及堂名号大宁⑥？

入室芝兰臭味⑦联，松风竹火⑧自年年。寻盟⑨研北⑩虚前诺（时采葛见岩遗诗附卷），得宝墙东⑪忆昔缘（壶向为隐泉王氏物）。斗⑫处便知茗是玉，倾来不数酒如泉。徐陵⑬、沈约⑭俱名士，写遍张为《主客》篇⑮（雪

（续）————————

次曰仲雅，小曰季雅。伯雅容七升，仲雅六升，季雅五升。"

① 季勤，即张沅，字季勤，一作季木，浙江嘉兴人。张廷济之弟。善墨竹，间写山水。

② 《阳羡名陶续录·艺文》载"张季勤藏石林中人茗壶"，吴骞为之撰铭刻于匣，铭曰："浑浑者，陶之始。舍则藏，吾与尔。石林人传季勤得，子孙宝之永无贰。"此句所说张季勤得壶，即指此。又，同卷载张廷济自作汉方壶四律，自注云："吾弟季勤藏石林中人壶，兄子又超藏陈窪峰壶。"亦指季勤、张上林各得一古壶事。按，"陈窪峰"即陈鸣远。"石林中人"有三，一为汪珂玉，字玉水，秀水（今浙江嘉兴）人。《珊瑚网》卷五跋《黄浯翁正书法语真迹》自署："石林中人汪珂玉记于小窗濠乐处。"可知亦曾自号石林中人。二为蒋之翘，字楚雄，号石林，天启、崇祯间秀水人。藏书家。三为缪颂，字石林，号石林散人，长洲（今江苏苏州）人。画家。曾游宜兴并请葛子厚制壶。后二人考见《阳羡砂壶图考·雅流》。此处"石林中人"未详何人。

③ 八砖，指张廷济所得汉晋八砖。

④ 图经，一般指附有图画的地方志书，也可指图录类的书籍。此指后者。

⑤ 龚春，又作供春。早期制壶名家。周高起《阳羡茗壶系·正始》："供春，学宪吴颐山公青衣也。颐山读书金沙寺中，供春于给役之暇，窃仿老僧心匠，亦淘细土抟胚。茶匙穴中，指掠内外，指螺文隐起可按，胎必累按，故腹半尚现节腠，视以辨真。今传世者，栗色暗暗，如古金铁，敦庞周正，允称神明垂则矣。世以其孙龚姓，亦书为龚春。"

⑥ 大宁，即指此汉方壶铭款中"大宁堂"三字。此处表示周汝珍认为"大宁堂"是时大彬的斋号。

⑦ 臭味，指兰草的香气。《易·系辞上》："同心之言，其臭如兰。"

⑧ 竹火，竹火笼，一种内置瓦器，可供燃香的竹编香笼。

⑨ 寻盟，重温旧盟。《左传·哀公十二年》："今吾子曰：必寻盟。若可寻也，亦可寒也。"杜预注："寻，重也。寒，歇也。"孔颖达疏引郑玄《仪礼》注云："寻，温也。……则诸言寻盟者，皆以前盟已寒，更温之使热。温旧即是重义，故以寻为重。"

⑩ 研北，同"砚北"。古人几案面南，人坐砚北。指从事著作。宋张邦基《墨庄漫录》卷十："唐段成式书云：'杯宴之馀，常居砚北。'"

⑪ 墙东，典出《后汉书·逸民传·逢萌》："君公遭乱独不去，侩牛自隐。时人谓之论曰：'避世墙东王君公。'"后因以"墙东"指隐居之地。此代称隐泉王氏。

⑫ 斗，指斗茶。参见本书《汉方壶款识考》相关叙述。

⑬ 徐陵（507—583），字孝穆，东海郯（今山东郯城）人。南朝梁陈间著名诗人，博学有才。此处代指徐熊飞（因同姓徐）。

⑭ 沈约（441—513），字休文，吴兴武康（今浙江德清）人。南朝史学家、文学家，博通群籍，擅长诗文。此处代指沈铭彝（因同姓沈）。

⑮ 张为，唐代诗论家，生平不详，大约生活在唐末江南一带。其所著《诗人主客图》一卷，简称《主客图》，是一部唐代诗论专著。该书论述中晚唐诗人流派，以白居易为"广德大化教主"等共设六主，又把若干诗人分别列入六主门下为客，并分为上入室、升堂、及门等级别。宋代陈振孙《直斋书录解题》评为："近世诗派之说，殆出于此。"此处以张为代指张廷济，以《诗

庐孝廉①、竹岑广文②各有题咏）。

　　淘洗诗肠兴未赊③，名壶只合配名茶。买田阳羡嗤坡老④，砖⑤土荆南记大家⑥。自向竹窗排石鼎⑦，更从桑苎⑧试云花⑨。京尘⑩万斛⑪愁难涤，乞与童儿汲井华⑫（叔未入都，中路而回，京洛尘何如宜兴土耶？一笑）。

　　时乙丑⑬中和节⑭。东杠周汝珍题尾。

　　钤印：东杠居士　周汝珍印

【译文】

　　叔未三表亲得时大彬汉方壶，命其侄儿张上林作图，装裱成册。廷济

（续）——————————

人主客图》喻指张廷济邀名家题咏之事。

① 孝廉，汉代选拔官吏的两种科目。孝，指孝子；廉，指廉洁之士。后代将被举荐的人也统称"孝廉"。

② 广文，唐天宝九年设广文馆。设博士、助教等职，主持国学。因此明清时称教官为"广文"或"广文先生"。按，沈铭彝官至教谕，故有此称。

③ 兴未赊（shē），兴趣不减。

④ 买田阳羡嗤坡老，指苏东坡欲在阳羡买田归老事。苏东坡《菩萨蛮》词曰："买田阳羡吾将老，从来只为溪山好。"嗤，耻笑。

⑤ 砖（tuán），通"抟"。

⑥ 荆南，此指荆溪之南。大家，指时大彬。

⑦ 石鼎，陶制的烹茶用具。北周庾信《周柱国大将军拓跋俭神道碑》："居常服玩，或以布被、松床；盘案之间，不过桑杯、石鼎。"唐皮日休《冬晓章上人院》诗："松扉欲启如鸣鹤，石鼎初煎若聚蚊。"宋范仲淹《酬李光化见寄》诗之二："石鼎斗茶浮乳白，海螺行酒滟波红。"

⑧ 桑苎（zhù），唐代茶圣陆羽的别号。唐李肇《唐国史补》卷中："羽有文学，多意思，耻一物不尽其妙，茶术尤著羽于江湖称竟陵子，于南越称桑苎翁。"

⑨ 云花，斗茶时茶汤中泛起的云状汤花。参见本书《汉方壶款识考》。

⑩ 京尘，又作"京洛尘"。语出晋陆机《为顾彦先赠妇》诗之一："京洛多风尘，素衣化为缁。"后以"京洛尘"、"京尘"比喻功名利禄等尘俗之事。

⑪ 万斛（hú），极言容量之多。斛为古代容量单位，初以十斗为一斛，南宋末年改为五斗。

⑫ 华，通"花"。井华，即"井华水"，指清晨初汲的井水。形容清美甘甜之水。北魏贾思勰《齐民要术·法酒》："稻米法酒：糯米大佳。三月三日，取井花水三斗三升，绢筛曲末三斗三升，粳米三斗三升。"石声汉注："清早从井里第一次汲出来的水。"宋苏轼《赠常州报恩长老》诗之一："碧玉碗盛红马瑙，井花水养石菖蒲。"

⑬ 乙丑，指嘉庆十年（1805）。

⑭ 中和节，指二月初一日。唐德宗贞元五年（789），下诏废除正月晦日之节，以二月初一为中和节。是日民间以青囊盛百谷瓜果种互相赠送，称为献生子。里闾酿宜春酒，以祭勾芒神，祈求丰年。百官进农书，表示务本。见《新唐书·李泌传》。

自作长诗四首，又来探访我，求我题诗，我就依韵作成以为应答：

陶瓷艺人中时大彬堪称妙手，所制砂壶为世人所重。这汉方壶腰腹部鼓胀隆起，其形制十分特殊。难怪王敦会打着拍子击节赞叹（当时有王雪泉在座）。即使李贺在此，也不能随意加以吟咏。打开图卷，顿使我昏愁的老眼豁然开朗。注入清水，便能解除我的口干舌燥。今日披沙拣金见到了真正的宝物，直可笑那些柴窑和汝窑瓷器的拙劣模样。

双钩的楷书铭文镌刻着欧阳修的诗句，优美的诗句使素洁的器物顿增风姿，仿佛云满春庭。摩挲着清秘阁中宝藏的古物（张君收藏商周铜器甚多）。历鹿的高车载着各位贤士纷纷到来。三件茗壶依次排列（季勤、心石各得一壶，都古泽可爱），连同张君的八砖，都可以载入藏宝的图经之中。虽然当时有制壶的好手龚春在世，但技艺、声名怎及得上时大彬的大宁堂？

进入叔未的斋室中，芝兰的香气缭绕不散。松风吹拂，竹笼香飘，隐居其中任他日日年年。坐在案前，重温旧日不曾实现的诺言（当时曾采录葛澂的遗诗附书于卷后）。这从乡邻家中得来的宝物，使人想起它旧日的因缘（此壶过去是隐泉王氏的家中之物）。只有在斗茶的时候，才知道好茶如白玉。倾茶入碗，那涓涓的细流使所谓的酒泉不能专美于前。赋诗在前的徐熊飞、沈铭彝都是名士，他们的姓名都已经写入了记载诗人名字的《诗人主客图》中（雪庐徐熊飞孝廉和竹岑沈铭彝教谕都各自有题诗在前）。

我搜肠刮肚寻觅诗句，兴致十分高涨。名壶本应该配名茶才能相当。可笑东坡老人当年想在阳羡买田养老，最终落空。而时大彬却在荆溪之南淘土制壶，终于成了一代大家。我独自对着竹窗排列石鼎煮水烹茶，我更要学陆羽品茶，察看碗中泛起的云状汤花。京城的尘土太厚重，且与家童们一起打来井中的清泉，将之洗涤冲刷（叔未入京城，中途返回。试问京城的尘土与宜兴的陶土何者更佳？说此以供一笑）。

时在嘉庆十年（1805）中和节。东杠周汝珍题于册尾。

钱善扬题跋

嘉庆乙丑四月廿又二日钱善扬观。

钤印：善扬私印

【译文】

嘉庆十年（1805）四月二十二日，钱善扬观赏。

朱休度题跋

可惜儋州秃鬓翁①，买田阳羡话成空。此山宝气夜谁识，厥土精英吉在中。便有陶人千手搰②，徒传瓬③事一时工。粗泥细做矜为秘，不藉范模④自效功。

铜腥铁涩不宜泉，此物坡公见亦怜。学士石铫⑤同郑重，解元瓦注⑥要矜全⑦。漫嗤声价雷鸣贱，闲试枪旗⑧雨摘鲜。沸雪僧庐⑨访君去，他时一

---

① 儋州秃鬓翁，指苏东坡。儋州，今海南省儋州市。苏东坡曾谪居于此。黄庭坚《病起荆江亭即事十首》："文章韩杜无遗恨，草诏陆贽倾诸公。玉堂端要真学士，须得儋州秃鬓翁。"

② 搰（hú），挖掘。

③ 瓬（fǎng），陶工。《周礼·冬官·考工记》："抟埴之工陶瓬。"

④ 不藉范模，制作过程中不用模具。这是时大彬对制壶工艺的重大改革。周容《宜兴瓷壶记》："至时大彬，以寺僧始，止削竹如刃，刳山土为之。供春更斫木为模，时悟其法，则又弃模。"（载《阳羡茗壶录·文翰》）

⑤ 石铫（yáo），陶制的煮水器。学士，指苏东坡。苏轼《试院煎茶》诗："且学公家作茗饮，砖炉石铫行相随。"

⑥ 瓦注，旧指以瓦器为赌注。苏轼《密州宋国博以诗见纪在郡杂咏次韵答之》："昔年谬陈诗，无人聊瓦注。"此处指茶壶。解元，即张廷济。

⑦ 矜全，怜惜而予以保全。

⑧ 枪旗，茶叶嫩尖，由带顶芽的小叶制成。芽尖细如枪，叶开展如旗，故名。五代齐己《谢人惠扇子及茶》诗："枪旗封蜀茗，圆洁制鲛绡。"宋无名氏《张协状元》戏文第四一出："春到郊原日迟迟，枪旗展山谷里。"钱南扬校注："茶名。《北苑别录·拣茶》：'中芽，古谓一枪一旗是也。'言茶初生，一小芽如枪，一小叶如旗，故名。今称旗枪。"

⑨ 沸雪僧庐，指沸雪轩。在嘉兴新篁里太平寺内，是寺内的一所屋舍。明嘉靖年间嘉兴人吏部尚书吴鹏之弟吴鹤与友人高道渐住此读书。吴鹏回乡探视，时寺周楂李千株，花开如雪，僧人煮水泡茶，沸水如涛声，遂命此舍为"沸雪轩"，由吴鹏作记，后刻石立碑。事见明吴鹏《沸雪轩记》。至清中叶，张廷济在太平寺重建沸雪轩，并在此读书会友、结文社。张廷济《清仪阁杂咏·嘉庆癸亥八月得时少山方壶于隐泉王氏系国初幼扶先生进士旧物赠以四诗》："祇园轩古雪飞花"句，自注："东邻太平禅院，旧有沸雪轩，嘉靖庚申吴尚书鹏为作《碑记》曰：'家仲鹤偕文学高道渐读书禅院。余烟水归来，先瞻苑。家仲曰：'谁似约者额此萧斋，阿兄试实之。'时沙弥煮山泉，沸如涛声，道渐曰：'胡不以沸雪额之？'余大快。道渐书之，而余为记云。'见

借问茶禅。

　　叔未解元属题，乙丑夏仲，范湖病渔朱休度时年七十又四，以废手拈败笔，趴跒[1]出之，都不成字也。一笑。

　　钤印：梓庐　俟宁居　朱休度印

【译文】

　　可惜垂老儋州的秃鬓翁苏东坡想在阳羡买田养老的话终究成空。这山中夜间腾起的宝气有谁能够识得，土里的精英就蕴藏在其中。从此便有无数制陶的艺人在此挖掘，但真正传世的只有时大彬一人。粗糙的泥质、精细的做工是他的不传之秘，他不需要借助模具就能施展自己的杰出才能。

　　铜器有腥气，铁器太粗糙，它们都不适合煮水烹茶。而宜兴出产的紫砂壶连苏东坡见了也心生爱怜。苏东坡学士的石铫要郑重爱护，叔未解元的汉方壶也值得珍惜保全。可笑世人总关心它的声价如何昂贵，张君只是在闲暇时取来新茶嫩叶尝鲜。我来日将去太平寺的沸雪轩中拜访主人，向主人借来方壶参问茶中之禅。

　　叔未解元嘱我题诗，嘉庆十年（1805）仲夏，范湖病渔朱休度时年七十四岁。此书乃用我残废的手执着破笔写成，歪斜丑陋，几乎不成样子，仅供一笑而已。

曹三选题跋

　　张子嗜奇古，尊彝逮[2]砖瓦。近得时氏壶，毡椎[3]手模写。其器虽晚出，重若鼎铸夏[4]。想当抟沙时，五精[5]入陶冶[6]。功既水火济，色不金

（续）──────
　　前明嘉兴县令汤齐所修邑志。"
① 趴跒（pá qiǎ），匍匐前而。此处形容字迹扭捏丑陋。南唐李建勋《送八分书与友人继以诗》："趴跒为诗趴跒书，不封将去寄仙都。"
② 逮，到，至。
③ 毡椎，以小毡包为笔。即表示拓制壶图。按，拓制时需用小毡包上墨，故有此喻。
④ 鼎铸夏，夏代所铸的铜鼎。指上古时代的青铜器。
⑤ 五精，本为中医学名词，指心、肺、肝、脾、肾五脏的精气。此指人的精气神明。
⑥ 陶冶，谓烧制陶器和冶炼金属。《荀子·王制》："故泽人足乎木，山人足乎鱼，农夫不斫削、不陶冶而足械用，工贾不耕田而足菽粟。"

石假。方外^①矜廉隅^②，虚中妙倾泻。有流^③喝奋乌^④，有鋬^⑤耳批马^⑥。古泽秀可餐，儿肌^⑦滑难把。金碾碧玉瓯^⑧，比例^⑨识^⑩其下。艺成亦自贵，羞媲^⑪炫鬻^⑫贾^⑬。一壶真千金，过眼近实寡。君其什袭之，副以伯仲雅^⑭。

　　乙丑长至日^⑮题奉叔未仁兄正之。扶谷愚弟曹三选。

　　钤印：（待考）　三选印　小匡居士

【译文】

　　张君十分好古，家中多藏有商周青铜器和汉晋铭文砖。最近他又得到时大彬的汉方壶，并用毡包拓出了器形绘制成图。此器的时代虽然

---

① 方外，即外方。倒装词。

② 廉隅，棱角。《周礼·考工记·轮人》"欲其帱之廉也"，汉郑玄注："帱，幔毂之革也。革急则裹木廉隅见。"引申为比喻端方不苟的行为、品性。《礼记·儒行》："近文章，砥厉廉隅。"

③ 流，陶瓷术语，指出水的壶嘴。

④ 喝（zhòu），鸟嘴。奋乌，振翅起飞的乌鸦。按，古代称一种吸水用的曲筒为"渴乌"。《后汉书·宦者传·张让》："又作翻车、渴乌，施于桥西，用洒南北郊路，以省百姓洒道之费。"李贤注："翻车，设机车以引水；渴乌，为曲筒，以气引水上也。"《通典·兵十》："渴乌隔山取水，以大竹筒去节，雄雌相接，勿令漏泄，以麻漆封裹，推过山外，就水置筒，入水五尺。即于筒尾取松桦干草，当筒放火，火气潜通水所，即应而上。"此处将壶嘴比作乌鸦嘴，盖源于此。

⑤ 鋬（pàn），陶瓷术语，指壶把手。

⑥ 耳批马，马耳像削成的一般。古代《相马经》称良马的双耳为"耳如削竹"、"耳如杨叶"。意谓其双耳外形小而尖削，犹如被斜削的竹筒，或如杨树的叶片。杜甫《房兵曹胡马》诗："胡马大宛名，锋棱瘦骨成。竹批双耳峻，风入四蹄轻。"仇兆鳌注："贾思勰《齐民要术》：'马耳欲小而锐，犹如斩竹筒。'黄注：批竹，即《马经》'削筒'。批，削也。卢注：太宗叙十骥，耳根尖锐，杉竹难方。'竹批双耳峻'本此。"

⑦ 儿肌，形容壶身润泽如儿童肌肤。

⑧ 金碾碧玉瓯，黄金的茶碾、碧玉的茶杯。

⑨ 比例，比例完美，指款识文字的大小恰到好处。

⑩ 识（zhì），标记。此指刻写。

⑪ 媲（pì），匹配。

⑫ 炫鬻（xuàn yù），叫卖，出卖。汉王逸《九思·疾世》："抱昭华兮宝璋，欲炫鬻兮莫取。"

⑬ 贾，商人，商贩。按，"贾"在此处本读gǔ，为押韵，借读jiǎ。按，此句意为，精湛的技艺成就了完美的作品，作者自以为贵，羞与谈金论价的商人为伍。

⑭ 副以伯仲雅，指张季勤和张上林所藏二壶与张廷济此壶堪比伯仲，一门中雅事甚多。

⑮ 长至日，通常指冬至日。因从夏至后日渐短，自冬至后日又渐长，故称。一说指夏至。夏至白昼最长，故称。

较晚，但贵重绝不亚于夏代所铸的青铜鼎。想来时大彬捏制砂土之时，一定是把自己的心血精气都融入了其中。这砂壶出自水和火的陶冶，它的颜色不依赖金银玉石而熠熠生辉。它的外形方正棱角分明，壶身中空十分便于茶水的倾倒。壶嘴像振翅起飞的乌鸦嘴，壶把像竹片削成的骏马耳。它色泽古雅，秀气可餐，胎身光滑如小儿肌肤，几乎难以用手把握。"金碾"、"碧玉"的诗句镌刻在壶底，比例十分匀称。一艺之成，艺人自己十分珍重，羞于同叫卖的商贾并列。一把名壶价值千金，这样的宝物我已很少得见。张君珍惜宝藏，而且我听说张君弟弟和侄儿也藏有两件佳壶堪称伯仲。

　　嘉庆十年（1805）冬至日，题此奉请叔未仁兄指正。扶谷愚弟曹三选。

姚湘题跋

　　乙丑初冬，叔未三兄解元枉顾，[1]以时少山所制汉方壶拓本铭款见际[2]，并属题句，别后赋寄，伏祈正韵：

　　鸿渐[3]撰《茶经》，旁及蓄茶器。器良茶愈甘，藉以涤神智。一铫[4]复一铛[5]，流传罕款识。砖埴必专家，淘泥贵细致。君从浙西[6]来，寒窗敦[7]气谊。剪烛度深更，擎杯谋浅醉。爱古有奇癖，不求亦不忮[8]。示我方壶图，铭镌二十字。作者自署名，时乎推能事。量差五石瓠[9]，材埒四升

---

①　枉顾，屈尊看望。称人来访的敬辞。
②　际，同"视"。
③　鸿渐，唐茶圣陆羽之字。
④　铫（yáo），一种带柄有嘴的小锅一种带柄有嘴的小锅。
⑤　铛（chēng），温器，似锅，三足。
⑥　浙西，指嘉兴所在地区。
⑦　敦，友情深厚。
⑧　不求亦不忮（zhì），即"不忮不求"，不嫉妒，不贪求。《诗经·邶风·雄雉》："不忮不求，何用不臧。"郑玄笺："我君子之行，不疾害，不求备于一人，其行何用为不善。"
⑨　五石瓠（hù），可容五石的大葫芦。语出《庄子·逍遥游》："今子有五石之瓠，何不虑以为大樽而浮乎江湖，而忧其瓠落无所容，则夫子犹有蓬之心也夫！"

觯①。遇合②不可知，苍凉阅③廛肆④。太原⑤赏鉴精，摩挲想备至（旧藏王隐泉进士家）。转徙落君手，金石相位置。君家伯仲贤，瓯瓵⑥以类萃。几同雅迭三⑦，奚翅⑧缶用贰⑨？言晤⑩动⑪经年，惜别殊苦易。何当拂拭加，座右面其鼻。蟹眼⑫沸声声，共把头纲⑬试。

芳溆愚弟姚湘。

钤印：吉人辞寡⑭　名余曰湘⑮　今韩

【译文】

嘉庆十年（1805）初冬，叔未三兄解元屈尊来访，以时大彬所制的汉方壶拓本及铭文拓款给我看，并嘱咐我题诗。分别之后，我赋成此诗寄往，恳请教正：

茶圣陆羽所撰写的《茶经》，其中也涉及了品茶的器具。精良的茶器

---

① 四升觯（zhì），容量四升的酒器。觯，古时饮酒用的器皿。青铜制，形似尊而小，或有盖。

② 遇合，遭遇，经历。

③ 阅，经过。

④ 廛（chán）肆，市肆，街市。

⑤ 太原，太原王氏。按，王氏有太原、琅琊等支脉。按，此句说此壶旧藏太原王氏，恐有误。"隐泉王氏"，据张廷济的记载，当为琅琊王氏。

⑥ 瓵（yí），瓮、缶一类的瓦器。此处泛指陶瓷器。

⑦ 雅迭三，即"三雅"，参见上文所注。

⑧ 奚翅，亦作"奚啻"，何止，岂但。

⑨ 缶用贰，典出《庄子·天地》："以二缶钟惑，而所适不得矣。"二，表示疑惑不明确。缶、钟，均为古代量器。原典意为，弄不清缶与钟的容量。比喻弄不清普通的是非道理。此处系活用此典，意指张氏收藏古玩器物极多，以至自己也记不清了。

⑩ 言晤（wù），会面交谈。

⑪ 动，一眨眼，一瞬间。形容时间短暂。

⑫ 蟹眼，比喻水初沸时泛起的小气泡。宋庞元英《谈薮》："俗以汤之未滚者为盲汤，初滚者曰蟹眼，渐大者曰鱼眼，其未滚者无眼，所语盲也。"

⑬ 头纲，指惊蛰前或清明前制成的首批贡茶。苏轼《七年九月自广陵召还汶公乞诗乃复用前韵》之一："上人问我迟留意，待赐头纲八饼茶。"查慎行注："熊蕃《北苑茶录》：每岁分十余纲，淮白茶，自惊蛰前兴役，浃日乃成，飞骑疾驰，不出仲春，已至京师，号为头纲。《苕溪渔隐丛话》：北苑细色茶，五纲，凡四十三品，共七千余饼。粗色茶，七纲，凡五品，共四万余饼。东坡《题汶公诗卷》'待赐头纲八饼茶'，即今粗色红绫袋饼八者是也。"清沈初《西清笔记·纪庶品》："龙井新茶，向以谷雨前为贵，今则于清明节前采者入贡，为头纲。"此处泛指好茶。

⑭ 吉人辞寡，语出《易·系辞下》："将叛者其辞惭，中心疑者其辞枝，吉人之辞寡，躁人之辞多，诬善之人其辞游，失其守者其辞屈。"

⑮ 名余曰，父亲给我命名。此印语化用屈原《离骚》之句："皇览揆余初度兮，肇锡余以嘉名。名余曰正则兮，字余曰灵均。"

能使茶味更加甘淳，饮来使人更加神清气朗。旧传的茶铫或茶铛，很少有款字。制陶的艺人必定要名家，淘炼砂泥贵在精致细腻。张君从浙西嘉兴来到寒舍，天气虽然寒冷，而我们的友情十分融洽温暖。我们寒夜剪烛相谈到深夜，手把酒杯图一番逍遥的微醉。张君好古可谓有癖，但他不嫉妒也不贪求。他取出汉方壶图给我观看，铭文镌刻了二十字。壶底有作者时大彬的落款，他的技艺确实精能。此壶的容量当然不及五石的大葫芦，仅仅相当于四升的酒觯。此壶的生平遭遇无人可知，它曾十分凄凉地辗转于市肆之中。王氏精于赏鉴，此壶在其家中一定曾经被反复摩挲赏玩（此壶旧藏王隐泉进士家中）。今日此壶辗转落入张君手中，与清仪阁中的金石铜器一同陈列。张君家的兄弟子侄都是一时贤俊，茗壶的收藏荟萃于家。一门三人的茗壶收藏几乎可以号称"三雅"，岂止是自己也难以记清。我与张君的相见转眼又是一年，依依惜别之情确实令人神伤。何时让我手把此壶轻轻拂拭，放在座前仔细端详。那时座旁的水壶中沸腾起蟹眼，正好把新摘的春茶烹煮品尝。

芳溆愚弟姚湘。

吴骞题跋

春雷蜀山尖[①]，飞栋[②]煤烟[③]绿。烛龙[④]绕蜂穴，日夜鏖百谷。开荒藉瞿昙[⑤]，炼石补天角。中流抱千金，孰若一壶逐？继美邦美[⑥]孙（《扬州画

---

① 春雷蜀山尖，形容春雷后蜀茶生长新芽。

② 飞栋，高耸的屋梁。

③ 煤烟，指煮茶用的煤。

④ 烛龙，古代神话中的神名。传说其张目（亦有谓其驾日、衔烛或珠）能照耀天下。《山海经·大荒北经》："西北海之外，赤水之北，有章尾山。有神，人面蛇身而赤，直目正乘，其瞑乃晦，其视乃明，不食不寝不息，风雨是谒。是烛九阴，是谓烛龙。"《楚辞·天问》："日安不到，烛龙何照？"王逸注："言天之西北有幽冥无日之国，有龙衔烛而照之也。"后来以"烛龙"代指太阳。

⑤ 瞿昙，释迦牟尼的姓。一译乔答摩。亦作佛的代称。宋陆游《苦贫》诗："此穷正坐清狂尔，莫向瞿昙问宿因。"《辽史·礼志六》："悉达太子者，西域净梵王子，姓瞿昙氏，名释迦牟尼。以其觉性，称之曰佛。"借指和尚。此处代指紫砂壶的创始人金沙寺僧。

⑥ 邦美，即时彦。参见下注。

舫录》谓大彬乃宋尚书时彦①之裔），智灯递相续。两仪②始胚胎，万象供抟搊③。视以火齐④良，宁弃薛与暴⑤。名贵走公卿，价重埒金玉。商周宝尊彝⑥，秦汉古卮盝⑦。丹碧讵⑧不佳，好尚殊华朴。迄今二百禩⑨，瞥若鸟过目。遗器君有之，喜甚获隐璞⑩。折柬⑪招朋侪⑫，剖符⑬规玉局⑭。松风一以写，素涛翻雪瀑。恍疑大宁堂，移置八砖屋。模形更流咏，笺册装金粟⑮。顾谓牛马走⑯："《名陶》⑰盍⑱补录？"嗟君负奇嗜，探索穷厓

---

① 时彦，时彦（？—1107），字邦美，河南开封人。宋神宗元丰二年（1079）己未科状元。授签书颍昌判官，入为秘书省正字，累官至集贤校理。绍圣中，迁右司员外郎。因出使辽国失职，被罢免。不久，官复集贤院校理，提点河东刑狱。赛辰出使辽国回来，弹劾时彦擅自接受辽国赏赐，匿而不报，使之又被罢官。徽宗即位，召为吏部员外郎，擢起居舍人，改太常少卿，以直龙图阁为河东转运使，加集贤殿修撰，知广州，未及赴任，拜为吏部侍郎，徙户部，为开封府尹。当时，都城开封苦于盗贼横行，治安混乱，时彦强化治安，使开封城坊邑宁静，盗贼敛迹，监狱屡空。数月之后，迁工部尚书，进吏部。不久，病逝于任上。传见《宋史》卷三百五十四。

② 两仪，指天地。《易·系辞上》："是故易有太极，是生两仪。"

③ 抟搊，揉捏，撮抟。

④ 火齐，火候。《礼记·月令》："（仲冬之月）陶器必良，火齐必得。"《荀子·强国》："工冶巧，火齐得。"杨倞注："'火齐得'，谓生熟齐而得宜。"

⑤ 薛与暴，指破裂残坏的陶器。《周礼·冬官考工记·陶人》："凡陶旊之事，髻垦薛暴不入市。"注："薛，破裂也。"

⑥ 尊彝，均为古代酒器，金文中每连用为各类酒器的统称。因祭祀、朝聘、宴享之礼多用之，亦以泛指礼器。

⑦ 卮（zhī），古代盛酒的器。（lù），过滤。此指滤酒器。

⑧ 讵，岂。

⑨ 禩（sì），同"祀"。二百祀，指二百年。

⑩ 隐璞，被埋藏的宝玉。

⑪ 折柬，亦作"折简"，裁纸写信。

⑫ 朋侪（chái），朋辈。

⑬ 剖符，古代帝王分封诸侯、功臣时，以竹符为信证，剖分为二，君臣各执其一，后作为分封、授官之称。此处也是表示修书之意。

⑭ 玉局，苏轼曾任玉局观提举，后人遂以"玉局"称苏轼。

⑮ 金粟，指金粟山藏经纸。是一种宋代名纸。金粟山在浙江省海盐县西南，山下有金粟寺，寺中藏有北宋质量优良的大藏经纸，纸上有朱印"金粟山藏经纸"。后人多喜用它装潢珍贵书画作为引首。清张燕昌《金粟笺说》："吴槎客赠余藏经套合纸，四层为之，纸色与金粟笺同，面题'《大方广佛华严经》卷十八'，凡十字，是墨印……又有'金粟山藏经纸'印。"

⑯ 牛马走，自谦之辞。《文选·司马迁〈报任少卿书〉》："太史公牛马走司马迁再拜言。"李善注："走，犹仆也……自谦之辞也。"

⑰ 《名陶》，指吴骞所撰《阳羡名陶录》和《续录》。

⑱ 盍，何不。

隩①。求壶不求官，味水甚味禄。三时我未餍②，一夔③君已足（予藏大彬壶三，皆不镂④铭，君虽一壶，而底有欧公诗二句，为尤胜）。譬如壶九华⑤，气可吞五岳。何当载乌篷⑥，共泛罨溪渌。庙前复庙后，遍听茶娘曲（岕茶⑦以茶宿庙前庙后者为佳，俗讹为刘秀庙⑧）。勇唤邵文金⑨："卿师在吾握！"（大彬汉方，惟邵文金能规⑩仿之，见《茗壶系》）

叔未三兄解元得时少山汉方茗壶，拓铭见视，率赋五言，即政。菟床弟吴骞待定草。

钤印：三归亭　臣骞　年开八秩

【译文】

春雷一声，蜀山上的茶林发出了新芽。飞梁画栋下的小火炉中腾起了碧绿的茶烟。和煦的阳光下，蜜蜂绕着巢穴嗡嗡乱飞，它们日夜不停地穿梭于山谷之中。紫砂壶的首创者是金沙寺的僧人，传说紫砂泥是女娲炼石补天所遗留。砂壶的珍贵价比千金，倘若船在河中沉没，怀抱千金与手抓一壶何为更好？能够继承金沙寺僧的人是时彦的子孙（《扬州画舫录》记载说，时大彬是宋代尚书时彦的后裔），杰出的手艺如一盏明灯代代相传。他取法天地两仪和世间万象，模仿技巧鬼斧神工。烧制时掌握好精良的火候，将那些破裂残坏者抛弃。这样的作品价值昂贵堪比金玉，公卿贵胄纷纷奔走追逐。商周的青铜器固然可贵，秦汉的陶器也十分高古。

---

① 厓隩，比喻事物的奥妙。

② 餍（yàn），吃饱。引申为满足。

③ 一夔（kuí），《韩非子·外储说左下》："夔一而足矣。"形容只要是真的美才，一个就足够了。《后汉书·曹褒传》："昔尧作《大章》，一夔足矣。"

④ 镂（qìn），雕刻。

⑤ 壶九华，喻指此壶为壶中的九华山。九华山，在今安徽省青阳县。因有九峰如莲花，故名。九华山与峨眉、五台、普陀山合称中国佛教四大名山。

⑥ 乌篷，即乌篷船。江南水乡的一种小木船，船篷为半圆形，用竹片编成，中间夹竹箬，上涂黑油。

⑦ 岕（jiè），山名。此指岕茶。产于浙江省长兴县境内的罗岕山，为茶中上品。周高起著有《洞山岕茶系》。

⑧ 刘秀庙，汉光武帝刘秀的庙。明代在长兴县建差神庙，当时民间误传为"刘秀庙"。

⑨ 邵文金，万历年间人，擅制宜兴陶器，为时大彬弟子。仿时大汉方独绝。弟文银，并时弟子。见《阳羡茗壶系》、《阳羡名陶录》。

⑩ 规，仿。

并非丹碧的色彩不可爱，只是华丽和质朴有所区别。二百年来，时大彬的作品传世十分罕见，犹如飞鸟过目，惊鸿一瞥。他的遗作张君本有收藏，如今又增添了这久已隐没的宝物。张君修书招来远近的友朋，邀请当今的名士，松风环绕，挥笔题诗，壶中素浪翻卷，犹如雪山飞瀑。此刻身居阁中，恍惚使人怀疑时大彬的大宁堂已经移到了八砖精舍中。诗人吟咏歌唱，纷纷赞叹汉方壶的形制之奇，写满诗句的金粟山纸，装裱成了精美的笺册。张君走来对在下说："你的《阳羡名陶录》何不补录这些诗文？"我嗟叹张君的好古之癖，他探赜索隐，丝毫没有遗缺。他一心求壶，无意不求官，品味泉水的味道甚于品味官禄之美。我虽然收藏有三件时大彬壶，但还无法令人满足，而张君只收藏一件，就足以超过我的藏品（我所收藏的三件大彬壶，都没有刻款，而张君虽然只有一壶，但壶底却刻有欧阳修的两句诗，尤为难得）。这就好比壶中的九华山，它的气势可以盖过五岳名山。何时能够与张君一同乘着乌篷船，去碧绿的罨画溪中泛舟。那时我们去茶神庙前、庙后游玩，听采茶娘子唱采茶歌（芥茶产在茶神宿庙前和庙后的最佳，民误误称茶神庙为刘秀庙）。大胆喊一声邵文金："你老师的作品现在就握在我手中！"（时大彬的汉方壶，只有邵文金能够模仿，这一记载见于周高起的《阳羡茗壶系》中）。

叔未三兄解元得到时大彬汉方茶壶，拓出铭相示，我随意赋成五言诗，即请教正。兔床弟吴骞未定的草稿。

方廷瑚题跋

位置①方壶杂鼎彝，悠然应起尚陶②思。斗奇何必夸金注③，无当④还堪

---

① 位置，布置，搁置。
② 尚陶，指舜。相传舜曾亲制陶器，从此器物更加牢固。《周礼·考工记序》："有虞氏上陶，夏后氏上匠，殷人上梓。"有虞氏，即指舜。上，通"尚"。《韩非子·难一》："东夷之陶者器苦窳，舜往陶焉，期年而器牢。"
③ 金注，本指用黄金作赌注。语本《庄子·达生》："以瓦注者巧，以钩注者惮，以黄金注者殙。"此处指以黄金制作的酒注子。
④ 无当，指物体无底部。《晏子春秋·谏下一》："寸之管无当，天下不能足之以粟。"吴则虞集释引孙星衍曰："刘渊林注：'当，底也，去声。'"晋左思《〈三都赋〉序》："玉卮无当，虽宝非

比玉卮。一缕烟中炊茗候，万竿竹里品茶时。披沙合土真神技，雅称张为画与诗。

叔未门三兄先生雅属，即正之。铁珊弟方廷瑚初稿。

钤印：铁珊

【译文】

将汉方壶与上古的青铜器陈列在一起，看到眼前的情景，应该会使人发起思古之幽情。人们争奇斗艳，总是夸赞用黄金制作的酒柱，殊不知这种金注与没有底部的玉卮一样毫无用处。一缕茶烟袅袅升起，正是煮水烹茶的时候，竹影万竿摇曳，正是雅士品茶的时节。时大彬能淘泥合土制出这样的佳器，其技艺真乃神奇，眼前一册，书画并美，其雅致不亚于唐代张为的《诗人主客图》。

叔未同门三兄先生雅意嘱托，诗成即请正之。铁珊弟方廷瑚初稿。

杨蟠题跋

先生耆[①]奇今无匹，钟卤灯盘评甲乙。偶然爱玩及宜壶，竟与八砖同一室。隐泉旧物色斓斒[②]，不重龚春重少山。来岁春风应过访，新溪一舸斗茶还。

叔未先生教正。文朴弟杨蟠。

【译文】

先生的好古奇癖当今无人匹敌，他斋中的钟鼎彝器、古灯古盘琳琅满目，难以评出优劣。先生偶然有兴致，赏玩起宜兴的紫砂壶，将这砂壶与斋中宝藏的汉晋八砖同置一室。这件隐泉王氏的旧物色彩斑斓，先生不以龚春壶为重，却偏爱时大彬。明年春风吹拂的时节我将前来造访，在新春初涨的溪流中一舟荡漾，斗茶而还。

叔未先生教正。文朴弟杨蟠。

〔续〕——————

用。"唐元稹《赋得玉卮无当》："共惜连城宝，翻成无当卮。"

① 耆，通"嗜"。

② 斓斒(lán bān)，色彩错杂鲜明貌。

陈鳣题跋

壶公传艺术，时子独精良。一贯诚难得（少山尝制壶赠一学使[①]，其子入学，或作破题[②]云："时子之入学，以一贯得之也。"见《先进录》。盖假"贯"为"罐"），中宵记放光（宜兴有茶壶庵，相传寺僧宝玩时壶，抚摩不辍，一夕放光满室，故名）。石铫堪作伴，花乳[③]尚留香。供养清仪阁，怀哉[④]吾友张。

奉题叔未三兄同年所藏时少山手制茗壶，即正。海宁陈鳣。

钤印：耆　陈鳣　仲鱼　比二千石

【译文】

制壶的艺人手艺代代相传，到了时大彬技术更为精湛。时大彬的制作，即使一个罐子也十分难得（时大彬曾制作砂壶赠送给一个主考官，他的儿子后来入学，有人就写文章玩笑说："时大彬儿子的入学，是用一贯换来的。"此事见于《先进录》的记载。这个作文的人用"贯"字作为"罐"的同音假借字）。宝物在夜间能发出灼灼的光芒（宜兴有茶壶庵，相传寺中有僧宝藏一件时大彬壶，日夜抚摸，有一天夜里，此壶忽然发出光来，照亮了一室，故此有"夜放光"之说）。烧水的石铫可以与它做伴，壶中泛起的水花还留有山泉的清香。此壶现在供养在清仪阁中，怎能不令我怀念我的友人张先生！

奉命题叔未三兄同年所藏时大彬手制汉方壶，即请教正。海宁陈鳣。

张公璠题跋

壶家妙手称三大，李徐终让时大最[⑤]。碙砂抟埴百炼精，范模色土炽

---

① 学使，指科举考试时的主考官。

② 破题，唐宋时应举诗赋和经义的起首处，须用几句话说说破题目要义，叫破题。明清时八股文的头两句，亦沿称破题，并成为一种固定的程式。

③ 花乳，煎茶时水面浮起的泡沫，俗名"水花"。刘禹锡《西山兰若试茶歌》："欲知花乳清泠味，须是眠云跂石人。"苏轼《和蒋夔寄茶》："临风饱食甘寝罢，一瓯花乳浮轻圆。"

④ 怀哉，怀念之意。语出《诗经·扬之水》："扬之水，不流束薪。彼其之子，不与我戍申。怀哉怀哉！曷月予还归哉？"

⑤ 李徐，指李仲芳、徐友泉。周高起《阳羡茗壶系·别派》："陶肆谣曰：'壶家妙手称三大。'谓

图绘。①商彝周鼎渺莫稽，官哥②窑质重品题。宣和奇觚③未坚栗，制取规方玉印泥。厥铭楷法二十字，大宁堂中自镌识。黝泽摩挲古吉金，缸坛知免污油泪④。白砀⑤块土连城珍，当时方外来高人。人间富贵大可买，金沙衣钵传龚春。四家（董⑥、赵⑦、元⑧、时⑨，时即彬父也）意匠踵奇特，提梁菱花斗新式。正始还推李养心⑩，时乎一出减前色。后来赝鼎何纷纷，仲芳、友泉用力勤。老兄谑作市人语⑪，泥牛⑫肖象空名闻。非无佳制惬欣赏，遂署时名妙规仿。贵埒⑬鸡夷⑭贱鼠菌⑮，兵燹屯遭⑯怆畴曩⑰。兹壶

（续）————

　　时大彬、李大仲芳、徐大友泉也。予为转一语曰：'明代良陶让一时。'独尊大彬，固自匪佞。"

① 炽图绘，表示陶器经过大火烧制而成。

② 官哥，指宋代名窑的官窑和哥窑。

③ 觚（gū），古代酒器，青铜制，盛行于中国商代和西周初期，喇叭形口，细腰，高圈足。奇觚，高古奇特的觚。

④ 污油泪，指烧制时与有釉的陶瓷同放，致使沾污紫砂器。周高起《阳羡茗壶系·正始》："自此以往，壶乃另作瓦缶，囊闭入陶穴。故前此名壶，不免沾缸坛油泪。"

⑤ 砀（dàng），有花纹的石头。

⑥ 董，董翰，号后溪，始造菱花式，已殚工巧。见《阳羡茗壶系·正始》。

⑦ 赵，赵梁，多提梁式，亦有传为名良者。见《阳羡茗壶系·正始》。

⑧ 元，玄锡，生平不详。见《阳羡茗壶系·正始》。按，清人避康熙玄烨讳，改书"玄"为"元"。

⑨ 时，时朋，即大彬父，是为四名家。万历间人，皆供春之后劲也。董文巧而三家多古拙。见《阳羡茗壶系·正始》。

⑩ 李养心，李茂林，行四，名养心。制小圆式，妍在朴致中，允属名玩。见《阳羡茗壶系·正始》。

⑪ 老兄谑作市人语，事见《阳羡茗壶系·名家》："李仲芳，行大，茂林子。及时大彬门，为高足第一。制度渐趋文巧，其父督以敦古。仲芳尝手一壶，视其父曰：'老兄，这个何如？'俗因呼其所作为'老兄壶'。入金坛，卒以文巧相竞。今世所传大彬壶，亦有仲芳作之，大彬见赏而自署款识者。时人语曰：'李大瓶，时大名。'"

⑫ 泥牛，事见《阳羡茗壶系·名家》："徐友泉，名士衡，故非陶人也。其父好时大彬壶，延致家塾。一日，强大彬作泥牛为戏，不即从，友泉夺其壶土出门去，适见树下眠牛将起，尚屈一足。注视捏塑，曲尽厥状。携以视大彬，一见惊叹曰：'如子智能，异日必出吾上。'因学为壶。变化式、土，仿古尊罍诸器，配合土色所宜，毕智穷工，移人心目。予尝博考厥制，有汉方、扁觯、小云雷、提梁卣、蕉叶、莲方、菱花、鹅蛋、分裆索耳、美人垂莲、大顶莲、一回角、六子诸款。泥色有海棠红、朱砂紫、定窑白、冷金黄、淡墨、沉香、水碧、榴皮、葵黄、闪色、梨皮诸名。种种变异，妙出心裁。然晚年恒自叹曰：'吾之精，终不及时之粗。'"

⑬ 埒（liè），等同。

⑭ 鸡夷，又作"鸡彝"。刻画有鸡形图饰的酒尊。是古代祭器之一。《周礼·春官·司尊彝》："春祠夏神禴，裸用鸡彝、鸟彝，皆有舟。"孙诒让正义："鸡彝、鸟彝，谓刻而画之为鸡凤皇之形。"

⑮ 鼠菌，喻指低贱之物。

⑯ 屯遭，遭遇艰难。屯，艰难。

⑰ 畴曩，往日，旧时。

藏自王隐泉，红炉拨火销榛烟①。四朝历年百六十②（王为顺治进士），吾宗③得值缗④三千（"一具尚值三千缗"，见陈其年诗⑤）。拓铭却寄索吾赋，铭词爱摘希文⑥句。句里君谟⑦点窜曾，定"绿"为"玉""翠"为"素"。春涛鱼沸春旗⑧翻，长风入松昼掩关。君家雅供此第一，岕必洞山⑨泉惠山⑩。何时茗战闲同试，知否文园殷渴思⑪。碧山银槎⑫伯仲间，萧寺竹炉相位置。吁嗟乎！璧珰⑬金饰今不存，得之茶具敌汉樽。已令（平⑭）陶复失型匦⑮，矧⑯又薛暴嘲罂盆⑰。荆南时器甲天下，异代流传得者寡。世无文金⑱（邵姓，仿时大汉方独绝）谁嗣音⑲，飞烟空墨陶人瓦⑳。

———————————

① 榛烟，树丛中缭绕的云雾。唐张说《东山记》："东山之曲，有别业焉，岚气入野，榛烟出谷。"
② 四朝历年百六十，指清代顺治、康熙、雍正、乾隆四朝，约一百六十年。
③ 吾宗，指张廷济。古人以同姓为同宗，故此处称"吾宗"。
④ 缗（mín），成串的铜钱，每串一千文。
⑤ 陈其年诗，《阳羡名陶录·文翰》录陈维崧（其年）诗《赠高侍读澹人以宜壶二器并系以诗》，内有"清狂录事偶弄得，一具尚值三千缗"之句。
⑥ 希文，即范仲淹。
⑦ 君谟，即蔡襄。
⑧ 春旗，指新鲜的茶叶。参见前文"枪旗"注。
⑨ 岕（jiè），山名。此指岕茶。产于浙江省长兴县境内的罗岕山，为茶中上品。周高起著有《洞山岕茶系》。
⑩ 泉惠山，即惠山泉。惠山，位于江苏省无锡市西郊，山中多清泉。唐朝陆羽著《茶经》，列举天下名泉二十处，无锡惠山泉居第二，故后人称惠山泉为"天下第二泉"。按，此句说煮茶必用名茶、名泉。
⑪ 文园殷渴思，"文园"指汉司马相如。司马相如曾任汉文园令，"常有消渴疾"，因此称病闲居。见《史记·司马相如列传》。
⑫ 碧山银槎，由元代著名工匠朱碧山制作的银质槎形酒器。朱碧山，字华玉，浙江嘉兴人，寓居苏州木渎，是元代银作名家。槎，即木筏，银槎就是银质的槎杯。此器尚有传世，今故宫博物院等机构有收藏。
⑬ 璧珰，屋椽头的装饰。以璧饰之，故称。《文选·司马相如〈上林赋〉》："华榱璧珰，辇道丽属。"郭璞注引韦昭曰："裁金为璧以当椽头也。"张铣注："璧珰，以璧饰椽首也。"按，此处泛指珍贵等玉器。
⑭ 平，指此处"令"字读平声。
⑮ 型匦（guǐ），典范。
⑯ 矧（shěn），况且。
⑰ 罂（yīng）盆，粗糙等瓶、盆等陶器。
⑱ 文金，邵文金。周高起《阳羡茗壶系·雅流》："邵文金，仿时大汉方独绝，今尚寿。"
⑲ 嗣音，指继承。
⑳ 瓦，泛指陶器。

时大彬仿汉方壶，明万历时物，旧藏王隐泉幼扶家。叔未先生得之，拓铭寄视，勉赋长句奉报，即希教政。时嘉庆丙寅①谷雨后六日元卿张公璠甫脱稿。

钤印：绣园　公璠　元卿

【译文】

制壶艺人中称时大彬、李大仲芳、徐大友泉这"三大"为妙手，而李、徐二人终究要逊色于时大彬。夹杂硇砂的紫泥经过千锤百炼，五色泥土制成的砂壶，经过大火烧成精美的图样。商周的青铜器时代遥远难以稽考，官窑和哥窑的瓷器优劣，常人也难以品鉴区别。宋代宣和年间所收藏的造型奇特的觚，但器物并不坚固，形态也只是模仿古代的方玉印。此壶的铭文有楷书镌刻的二十字，是时大彬大宁堂的款识。壶体经反复摩挲，色泽黝黑，就像上古的青铜器，此壶烧成时一定是置放在匣钵之中，所以没有沾染陶缸的釉泪。紫泥本来夹杂在白土中间，价值连城，当时有出家的高人前来指示才被世人知晓。人间有富贵之土可买，金沙寺的僧人将它的衣钵传给了龚春。四大陶艺名家（四家为董翰、赵梁、玄锡、时朋，时朋即时大彬的父亲）匠心独具，所制壶式有提梁式、菱花式，纷纷争奇斗艳。法则的创始还要数李茂林，待时大彬一出，天下能工巧匠顿时减色。后来伪造时大彬的赝品纷纷出现，李仲芳、徐友泉用力最勤。李仲芳戏称他的父亲李茂林为"老兄"，真是世俗人的口气，他塑的泥牛如今也只闻其名，未见有传世。世间并非没有李仲芳的佳品可供欣赏，它们大都署时大彬的名字，只是模仿逼真而已。昂贵的时候价比古物，轻贱的时候贬同废物，宝物的遭遇的确令人感伤。此壶曾收藏在隐泉王氏家中，曾经红炉小火之中茶烟的熏染。此壶传承四朝历经一百六十多年（王氏是顺治时的进士），如今已被我族门中的叔未以高价购得（"一具尚值三千钱"，这是陈其年的诗句）。叔未将此壶的拓本寄来要我赋诗，我十分喜爱壶底的铭文摘录的范仲淹诗句。这诗句曾经蔡襄修改，蔡襄将原诗中的"绿"

---

① 嘉庆丙寅，即嘉庆十一年（1806）。

字改为"玉"字，将"翠"字改为"素"字。沸腾的茶水犹如春浪翻卷着嫩叶，长风吹入松林，主人白昼也紧闭着柴门。君家的雅玩中以此壶为第一，他烹茶必用洞山岕茶，而泉水必取惠山泉。何时我与君一同斗茶闲聊，你何曾知道，此时的我已如司马相如饥渴难耐。元代名工碧山制作的银槎也不过与此壶不相上下，萧条的古寺中竹炉与茶壶一同排列。可叹啊！金银玉饰如今已经不存，得到这样一具名壶足以敌得汉代的名尊。它已令（"令"字读平声）天下陶工纷纷失色，更何况那些残坏、粗劣的瓦盆如何不显可笑。荆溪之南的时大彬作制名甲天下，时隔多年，能得以传世的少之又少。世间没有邵文金（邵文金仿时大彬汉方壶独绝一时），谁能来传承这一绝技？炉烟飘渺，徒然熏黑了陶人手中的拙物。

时大彬所仿汉方壶，是明万历年间之物，此壶旧藏隐泉王幼扶先生家中，叔未先生得之，拓铭文寄来，我勉力写成长句以报答，即请先生教正。时在嘉庆十一年（1806）谷雨后六日，元卿张公璠完稿。

张上林题跋

叔未三叔以时大彬方壶令绘为图，赋三绝句请正：

荆溪瓦罐①数供春，分得僧庐式样新。争似一时场更擅②（"壶家妙手称三大，明代良陶让一时"。周高起语），画沙妙手更通神。

曾阅沧桑二百年，陶家无恙姓名镌。从今位置清仪阁，活火新泉话夙缘。

参尽茶禅岁月深，玉壶冰是旧知音。请君更认庐山面，半写圭棱③半写心。

从子上林呈稿。

钤印：心石　上林私印

---

① 瓦罐，指茶壶。古俗称"瓦罐"。
② 场更擅，即更擅场。
③ 圭棱，圭角，棱角。此处比喻正直方刚等品行。

【译文】

三叔叔未以时大彬汉方壶命我绘制为图，赋绝句三首请正：

荆溪出产陶罐，以供春所制最为著名，他从学于金沙寺僧人，并创新了式样。供春的制作如何能与时大彬相比（"壶家妙手称三大，明代良陶让一时"。这是周高起的话），时大彬抟沙的妙手更加出神入化。

此壶经历了二百年的风雨沧桑，壶底镌刻的时大彬之名，依然完好无恙。从此它陈列在清仪阁中，在小火清泉之中供人清谈怀旧。

茶中参禅，不计岁久年深，玉壶中一片冰心就是旧时的知音。请看官要认清庐山的真面目，真正的时大彬壶棱角分明，是其匠心的写照。

侄子上林呈诗稿。

杨文荪题跋

佳茗推阳羡，名陶制独精。沙抟形朴古，竹契字纵横。技可龚春续，诗还永叔赓（壶底镌欧阳文忠句）。清仪（君所居阁名）堪位置，甲乙共题评①（君搜罗钟鼎彝器最富）。

叔未门丈先生正之。芸墅弟杨文荪稿。

钤印：云墅

【译文】

宜兴出产好茶，此地的陶器制作也最为精良。此壶用砂泥抟出了古朴的形制，竹刀刻成的铭文意态纵横。时大彬的技艺可以上继龚春，铭文的诗句则出自欧阳修的吟咏（壶底刻有欧阳修的诗句）。清仪阁（张君所居处的阁名）中将此陈列，其优劣供人品题（张君收藏古代青铜器最多）。

叔未先生正之。芸墅弟杨文荪稿。

---

① 甲乙共题评，即评定甲乙，指评价优劣好坏。

马汾题跋

方平①何处，怅十二壶②好，风流云散。剑气珠光终夜亘③，硕果摩挲吟馆。形仿坤舆④，色分坎位⑤，抟埴⑥良工擅。谁将春买，蜀冈⑦初放青眼。　　凝想昼静帘闲。涛声沸后，碧乳⑧倾伊满。知否相如常病渴，赋笔年来都懒。寄语园丁⑨，待呼艇子⑩，溪上敲双扇。炉烟轻飏，药阑⑪花榭⑫寻遍。

调寄《壶中天》⑬。题应叔未三兄我师命，即请正误。教弟⑭马汾学填。

钤印：马汾　令仪

【译文】

神仙王远不知身在何处，可叹他那精致的十二玉壶如今已风流云散。剑气珠光终夜散发着奇光，这硕果仅存的宝物在清仪阁中被主人摩挲玩赏。它的形状取法方形的大地，壶中荡漾着水的清光，这一切出自陶器名

---

① 方平，传说中汉桓帝时神仙王远的字。《神仙传》卷三："王远，字方平，东海人也。"
② 十二壶，指神仙所用的壶。《神仙传》卷三载，方平过胥门蔡经家，"举家皆见方平，着远游冠，朱服虎头鞶囊，五色绶带剑，少须，黄色，长短中型人也。乘羽车，驾五龙，龙各异色，麾节幡旗，前后导从，威仪奕奕如大将军也。有十二玉壶，皆以腊蜜封其口，鼓吹皆乘麟，从天上下，悬集，不从道行也。"
③ 亘，连亘，连绵不绝。
④ 坤舆，《易·说卦》："坤为地……为大舆。"孔颖达疏："为大舆，取其能载万物也。"后以"坤舆"为地的代称。古人认为天圆地方，古此处形容汉方壶为取像大地之形。
⑤ 坎位，八卦之一，代表水。
⑥ 抟埴，揉土。
⑦ 蜀冈，指宜兴蜀山。
⑧ 碧乳，形容碧绿的茶水。
⑨ 园丁，此处代称张廷济。
⑩ 艇子，船夫。
⑪ 阑，同"栏"。药阑，种药的小圃。
⑫ 花榭，位于花木丛中的台榭。
⑬ 壶中天，词牌名，通常称《念奴娇》。
⑭ 教弟，同教中友人的自我谦称。按，此处之"教"，或指佛教，或指伊斯兰教。嘉兴有清真寺，始建于明万历三十年（1602），清乾隆年间两次重修。亭中立明万历三十年（1602）《嘉兴府建真教碑记》和清乾隆四十年（1775）《重建嘉兴府礼拜寺碑记碑》，记述了建寺、修寺的经过。嘉兴穆斯林的历史，始于北宋而繁衍于元，至明清已有徐、郭、金、沙、马、杨诸大姓。据作者名"马汾"，当属伊斯兰教的可能性较大。

家的制作。是谁买来了春光，蜀山上抽芽的新茶正在壶中浮荡。

遥想白昼清静，窗前悠闲，壶中的水声沸腾作响，碧绿的茶水倒满了茶壶。你可知司马相如常苦于干渴，所以今年来懒得再提起赋诗的笔管。我寄语张园丁，等我喊来船家，与你一同到溪上轻摇双扇。那时但见炉中轻烟飞扬，我们正好在药圃花栏一一游赏。

调寄《壶中天》。题此应我师叔未三兄之命，即请正误。教弟马汾学填。

唐云旧藏时大彬汉方壶拓本册简述

　　时大彬汉方壶在经过张廷济收藏和拓传之后，至清代光绪年间，又成了苏州耦园主人沈秉成的珍藏。沈秉成又将此壶拓制成图，光绪七年（1881），沈秉成请著名收藏家顾文彬填词题于拓本册中。此后拓本流出，至二十世纪八十年代，此拓本册由以琦（生平不详）赠送给了当代绘画大师唐云。唐云在册前题签："时大彬壶旧拓本。一九八五年十二月，杭人唐云题。"钤"大石斋"印。同时，唐云又请友人徐行恭填词题于册中。现存唐云旧藏时大彬汉方壶拓本题咏册，纵23.5厘米，横14.2厘米，内页仅二开，其中全形图一开，题咏一开，当时是否还有其他题诗曾经散出，目前无从知晓。

　　唐云旧藏此册，所拓汉方壶全形图在对壶形的描绘上更为立体生动，是对张廷济旧藏汉方壶拓本的有益补充。

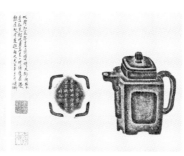

拓本册人物考

唐云旧藏汉方壶拓本册中涉及清末和民国人物数人，今考证简述如下：

唐 云

唐云（1910—1993），字侠尘，别号药城、药尘、药翁、老药、大石、大石翁，画室名大石斋、山雷轩等。浙江杭州人。自幼酷爱书画。早年就读于杭州惠兰中学，十九岁时任杭州冯氏女子中学国画教师。1938年至1942年先后在新华艺术专科学校、上海美术专科学校教授国画。后弃职，专事绘画。期间，曾多次举办个人画展及与其他画家举办联合画展。1949年后历任上海市美术家协会副秘书长、展览部部长，上海美术专科学校国画系主任，上海博物馆鉴定委员，上海中国画院副院长等职。1960年出席第三次全国文代会，1979年出席第四次全国文代会，同年应邀赴日本参加福冈市美术馆开幕式并进行艺术交流。生前为中国美术家协会理事，中国美术家协会上海分会副主席，中国画研究院院务委员，上海中国画院副院长、代院长、名誉院长，中国书法家协会上海分会名誉理事，西泠印社理事，上海市文物保管委员会委员，上海博物馆鉴定委员等职。

沈秉成

耦园主人，即沈秉成（1823—1895），字仲复，归安（今浙江吴兴）人。咸丰六年（1856）进士，历江苏常州、镇江、海州兵备道，迁安徽巡抚，擢两江总督。喜收藏金石字画。著有《蚕桑辑要》。

吴昌硕《石交录》："沈仲复中丞名秉成。归安人。咸丰丙辰进士，改庶吉士，授编修；由日讲起居注官出为苏、松、太兵备道。道治在上海，番贾交错之区，五方辐辏，号称难治。中丞为政数年，华、夷晏然，民情翕服。以课最迁河南、四川廉使，引疾居吴下。光绪甲申，征拜京兆尹，旋擢内阁学士，巡抚广西。复迁安徽中丞。与人无忤，与世无竞，似得老子之道。然官侍从时，謇谔上言，凡上封事三十余通，请缄吾湖岁赋，尤彰彰在人耳目。夫人严氏，名咏华，工诗画。琴瑟甚笃。中丞为筑'耦园'。又曾得汧石，剖之有鱼形。制砚二，名之曰'蝶砚'；署其居为'蝶砚庐'。余需次苏台，先后为作印十余纽，中丞咸称善，其奖借寒酸尤足多云。"①

《明清进士录》："沈秉成（1823—1895），清咸丰六年（1856）二甲七名进士。归安（今浙江吴兴）人，字仲复。历江苏常州、镇江、海州兵备道，迁安徽巡抚，擢两江总督，所至皆有名绩。在皖时创设经诂书院，以课经史实学，皖人遂多通经之士。喜收藏金石字画。官江苏时，教民养蚕，著《蚕桑辑要》。"②

耦园，在今苏州市平江区仓街小新巷。初名"涉园"，清雍正年间保宁知府陆锦致仕归里后始构，又名"小郁林"。同治十三年（1874），按察使湖州沈秉成因病寓苏，购得涉园废址，聘画家顾沄在旧园基础上设计，重修扩建为一宅两园的现存格局，光绪二年（1876）落成。建成后的园子，易名为"耦园"，寓夫妇偕隐双栖、啸吟终老之意。光绪十年（1884），沈秉成奉诏复出任官他省，全家随往。光绪二十一年（1895），沈秉成至苏州治病，医治无效，卒于耦园。此后园内日渐破落，散为民居。园内有观鱼槛、吾爱亭、藤花舫、浮红漾碧、宛虹杠等景点。咸丰年间耦园毁于兵灾，现已修缮作为景点开放。

顾文彬

顾文彬（1811—1889），字蔚如，又字子山、子珊，号艮斋、艮庵、艮盦、艮盦居士、过云楼主、退庵、怡园，室名眉绿楼、过云楼等。江苏元和（今苏州）人。道光二十一年（1841）进士。官至浙江宁绍道台。工书，尤工填词，富收藏。著有《眉绿楼词》、《过云楼书画记》。

《中国近现代人物名号大辞典》："顾文彬（1811—1889），江苏

---

① 见吴东迈编《吴昌硕谈艺录》，人民美术出版社1993年版，第212页。
② 潘荣胜主编《明清进士录》，中华书局2006年版，第1100页。

元和（今苏州）人。字蔚如，又字子山、子珊，号艮斋、艮庵、艮盦、艮盦居士、过云楼主、退庵、怡园，室名眉绿楼（一作眉渌楼。有《眉绿楼词》）、过云楼（有《过云楼书画记·帖》）、蟭巢、鸳红词馆、因因庵、玉几山房。道光二十一年进士。官至浙江宁绍道台。工书，尤工倚声。所藏碑版卷轴，题识殆遍。其后人于1951年和1959年，分两次将过云楼所藏宋元明清书画悉数捐赠上海博物馆，总共308件。子顾承，孙麟士。"①

王颂蔚《皇清诰授荣禄大夫一品封典赏戴花翎布政使衔浙江宁绍台道顾公墓志铭并序》："光绪十五年十一月十六日元和顾公卒于里第。越岁三月，曾孙则绎等举公柩祔于吴县十四都下四图下沙塘先茔之次，启浦夫人之兆而合堋焉。又明年辛卯，余从妹夫麟轺援淮南杜君追志之例，邮状征铭，次其语曰：公讳文彬，字蔚如，号子山，晚号艮庵。系世详吾师冯中允所撰《春江顾公志》。以诸生中道光十一年举人，越十年成进士。释褐为刑部主事，咸丰三年补福建司主事，迁陕西司员外郎，四年擢福建司郎中，六年补湖北汉阳府，七年擢武昌监法道，十年遭父丧解职，同治九年补浙江宁绍台道任事，未五稔引疾去。公服官中外二十余年，所至以贤能称。在刑曹日，于律章讼比，尽心甄究，务得廉平。尝随节按事鄱阳，同官病未能讯牒，公独自料省累年滞狱，浃辰之间决遣殆尽。故事使者张旃入境，有司逆劳维谨，自归，饩暨赠贿必极华腆，而公两为小行人，峻绝阶梯，一切弗受，以是见重上官，考格登最，御屏简记，基此矣。公之以知府发往湖北也，总制官文恭署公军咨。时武汉初克，莫中簿领阗委，公结舫而居，匹马绔褶往来岸，风雪中疾书遽奏，占对不绝，恒至丙夜。抚军胡文忠与文恭不相中，任官剸政，时或抵牾，得公一言辄解。文忠叹曰：'制府忠厚长者，惜用人太滥，如顾某者，不愧端人正士。'公由典郡陟监司，不及五旬，盖文忠器公久，因密笃之也。左文襄为某镇所诬，朝廷命文恭及钱副宪宝青治是狱。文襄惧辱，书抵文忠，誓死不就逮。公稔文襄非常人，力请于文恭，狱得解。时吾乡潘文勤□疏明文襄亡它，谓

---

① 陈玉堂著《中国近现代人物名号大辞典·全编增订本》，浙江古籍出版社2004年版，第992页。

才可大用。海内至今叹诵。前识公营护事，隐世鲜知者，庚辛之际全吴沦莽，四方侨寄鳞萃，扈渎孤城，黑子群贼，眈视其旁，举烽赤天，伪言一夕数起。公奉命帮办团练，尤形于色，首创逆师。皖中之议，当事持不可，反复陈譬迁许，犹以舰舻未具，饷饩亡出，难之。公谋之吴方伯煦，委曲筹备，始获济师用，成今相国李公鸿章平吴之功。大难既夷，文恭走书币礼请公，以禄不众养，深维止足之义，固辞不就征。居顷，丁公日昌抚吴，复具疏力荐，而日者相公终当再起，不得已，遂行。观察浙东数年，于市易交聘事宜，刚柔操纵胥中，窾会而填阃。咸河一役，利赖农田尤普云。公文学淹赡，而未参侍从，才堪方任，而位终监司。雅性冲澹，不慕时荣，年未县车，投劾归里。家居十五年，义行不胜书，在公为小节，故不具。卒年七十九。夫人浦氏，婉娩贤淑，门内无间。子廷熏，附生，候选通判。廷熙，监生。廷烈，更名承，附贡生，候选翰林院待诏。皆先公卒。廷廉，幼殇。煦荣女，适奉天府府丞新阳朱以增。孙麟祥，三品衔，浙江候补同知升用知府。麟允，元附贡生，候选翰林院孔目。麟诰，增贡生，广东候补监大使。麟韶，附贡生，五品衔分省补用盐大使。麟颐，附贡生。麟士，监生。麟瀰。孙女四，许适皆士族。曾孙则忠、则万，监生，五品衔，候选县丞；则义、则寿、则绎、则立、则润、则效、则明、则正、则久、则惠。曾孙女十一。公帖经而外，词学最邃，集古之妙，与长芦唐堂相轩轾。晚筑怡园，极水木之胜，弇藏法书名画甚伙。鉴别精审，虽朱性父、张米庵或未过也。著有《过云楼书画录》及诗词各如干卷，藏于家。公殇，吴中邑义追念平吴旧劳，申牒谋祠入奏，报可。十八年六月祠成，以此志函，撰者户部郎中长洲王颂蔚，书人则公门人翰林院编修武进费念慈也。铭曰：江左名阀，希冯令裔。郁生宝臣，干国经世。早谢缨绂，归卧东冈。文洒傲傥，泉石平章。戡定吴会，公首建策。立庙告功，杅豆永式。香水南带，砚山西屏。魂魄乐此，庆绵亿𬬹。（苏州碑刻博物馆藏）"①

---

① 王国平、唐力行主编《明清以来苏州社会史碑刻集》，苏州大学出版社1998年版，第179页。

徐行恭

徐行恭（1892—1988），字顨若，号曙岑，别号竹间居士。杭州人。民国初年曾任北洋政府财政部第一司司长、兴业银行行长、杭州市商会执委，解放后为浙江省文史馆特约馆员。善行楷，工诗词，藏书万卷，姜亮夫先生曾称之为浙东名宿，一代词宗。著有《竹闲吟榭诗正续集》等。

《杭垣旧事》："徐行恭（1892—1988），字顨若，号曙岑，别号竹闲居士，晚称玄叟，室名'梅花填词研斋'，为杭州耆宿，世居湖墅珠儿潭。幼有神童之誉，能目下十行而又能强记；少年歧嶷，尝通读《康熙字典》为进业之基，可谓笃学。对国故之造诣，尤渊博沉湛。雅善填词作诗，深为士林钦折。早岁去燕京，任职北洋政府财政部，殊为主者器重。民国十六年（1927年）回里，任浙江兴业银行杭州分行经理至抗战前始离职。曾任浙赣铁路理事会经济研究室主任。家富古籍，缥缃盈架。又喜收罗名人字画、古砚、印章，皆精美绝伦。婆娑其间，甚得怡情悦性之乐。所收典籍，皆非普通易致者。曩年曾以珍藏之宋纸精印金农《冬心先生画竹题记》，作为镇库之宝，士林传为佳话。流风余韵，洵雅人深致也。著有《竹闲吟榭诗正续集》（徐氏家刊），另所撰之《延伫词》、《延伫词续》、《延伫词赘》，至1985年委托杭州图书馆以扫描印行计八册，乃分赠亲友，得者如获至宝。又著有《春最楼文存》、《获野余嘈》等书。解放后任浙江省文史研究馆特约馆员。1988年时已96岁高龄，被举为浙江诗词学会常务理事，仍是黑发盈颜，耳聪目敏，行动自如，吟咏不辍，而挥洒翰墨，能小楷题识，真是盛世人瑞也。徐老藏书，在'文革'时被抄去，中共十一届三中全会后落实政策，徐老全部赠与浙江图书馆，得奖金三千元。"①

---

① 政协杭州市委员会文史委编《杭州文史资料·杭垣旧事》，2000年版，第62页。

唐云旧藏时大彬汉方壶拓本题咏译注

唐云题跋

以琦知余好茗壶，因以时大彬所制旧拓见赠。此壶名重一时，酒后茶余展玩，可发遐想也。一九八五年十二月，老药。

钤印：唐云、唐云私印、大石斋

【译文】

以琦知道我喜欢茶壶，所以将时大彬所制的汉方壶旧拓片赠送给我。这件紫砂壶名重一时，将此拓片在酒后茶余展玩欣赏，可以发人遐想。一九八五年十二月，老药。

顾文彬题跋

《阳羡名陶》纷著录，传家弓冶①同良（大彬父鹏善制壶）。壶中日月大宁堂（壶底诗款四行，右一行刻大宁堂）。桃杯曾赠与（余曾以程鸣远②制桃杯奉赠），茗碗共携将。

自昔隐泉归竹里③（壶得于竹里张氏，为隐泉王氏旧物），品评不

---

① 弓冶，谓父子世代相传的事业。语本《礼记·学记》："良冶之子，必学为裘；良弓之子，必学为箕。"

② 程鸣远，疑为"陈鸣远"之讹。《阳羡名陶录·家溯》："陈鸣远，名远，号鹤峰，亦号壶隐，详见《宜兴县志》。"吴骞曰："鸣远一技之能，间世特出。自百余年来，诸家传器日少，故其名尤噪，足迹所至，文人学士争相延揽。常至海盐馆张氏之涉园，桐乡则汪柯庭家，海宁则陈氏、曹氏、马氏，多有其手作，而与杨中允晚研交尤厚。予尝得鸣远天鸡壶一，细砂作紫棠色，上镌庚子山诗，为曹廉让先生手书，制作精雅，真可与三代古器并列。窃谓就使与大彬诸子周旋，恐未甘退就邾莒之列耳。"

③ 竹里，指张廷济的家乡嘉兴新篁里。

假朱王（谓竹垞①、阮亭②两先生）。绿尘飞处感沧桑（"黄金碾畔绿尘飞"，即所刻诗句）。题名千载一（吴兔床题曰"千载一时"），合璧耦园双（耦园所藏大彬壶尚有一圆形者）。

右调《临江仙》，为耦园主人题时大彬沙壶，即希拍正。辛巳③闰七夕后三日，艮庵顾文彬。

钤印：文彬私印

【译文】

《阳羡名陶录》等书纷纷著录此壶，时大彬父子技艺传承，都是不世出的良工（时大彬之父时鹏也善于制紫砂壶）。壶中日月沧桑，凝聚于字里行间（壶底刻诗款四行，右一行所刻为"大宁堂"）。我曾将桃杯赠与耦园主人（我曾以程鸣远所制桃杯相赠），此壶将与那桃杯入对成双。

此壶从隐泉主人手中转入了张君手中（此壶得于竹里张氏，原来是隐泉王氏的旧物）。它无须朱先生和王先生的品题方能为世人所重（指朱彝尊、王士禛两位先生），绿尘飞起，让人顿感岁月的沧桑（"黄金碾畔绿尘飞"，是刻于壶底的诗句）。前人题名为"千载一时"（吴骞题此壶称"千载一时"），耦园有两件时大彬的砂壶，如今已合璧成双（耦园所藏时大彬的紫砂壶尚有一件圆形的）。

右调寄《临江仙》，为耦园主人题时大彬紫砂壶，即请指正。光绪七年辛巳（1881）闰七夕后三日，艮庵顾文彬。

① 竹垞，即朱彝尊（1629—1709），清初著名学者和诗人。字锡鬯，号竹垞，晚号小长芦钓鱼师，又号金风亭长。先世江苏吴江人，明景泰四年迁于浙江嘉兴府秀水县，遂为秀水人。清顺治六年，彝尊挈家移居嘉兴梅会里（今浙江嘉兴市王店镇）。康熙十八年（1679）举博学鸿词科，以布衣授翰林院检讨，入直南书房，曾参加纂修《明史》，出典江南省试，后因疾罢归。学识渊博，通经史，能诗词古文，为浙西词派的创始人。诗与王士禛齐名，时称"南朱北王"。著有《经义考》、《日下旧闻》、《曝书亭集》，编有《词综》、《明诗综》等。
② 阮亭，即王士禛（1634—1711），字子真，号阮亭、渔洋山人。山东新城（今桓台）人。清初著名诗人，累官至刑部尚书。公务之余致力于诗文著述，主持诗坛达五十年之久。其诗文词共数十种，五百六十多卷，被誉为一代诗宗。
③ 辛巳，光绪七年（1881）。

徐行恭题跋

麴友①情疏，酪奴②谊厚，花前绝倒③支离叟④。翻阶松吹落瓶笙⑤，休疑蟹眼⑥过鱼候⑦。

老衲忘禅，家僮试臼，壶天翠暖香分拇。倾瓯联臂话金沙⑧，敦庞⑨法古人同寿。

调寄《踏莎行》。大石老兄出示所弆⑩时大彬壶拓影，为赋此解⑪，即乞正声。乙丑小寒，徐行恭时年九十有三。

钤印：护野堂、行己心恭、见微翁

【译文】

酒友的交情已经渐渐疏淡，茶客的情谊却越来越深厚，一杯清茶，醉倒了花前东倒西歪的老叟。阶前的松树在风中吹动，松叶落入煮水的茶瓶

---

① 麴友，指酒友。

② 酪奴，茶的别名。北魏杨衒之《洛阳伽蓝记·正觉寺》："羊比齐鲁大邦，鱼比邾莒小国。惟茗不中，与酪作奴……彭城王重谓曰：'卿明日顾我，为卿设邾莒之食，亦有酪奴。'因此复号茗饮为酪奴。"

③ 绝倒，仆倒。

④ 支离叟，又作"支离疏"。《庄子》中的寓言人物。其人肢体畸形，于世无补，而坐受赈济。《庄子·人间世》："支离疏者，颐隐于脐，肩高于顶，会撮指天，五管在上，两髀为胁。挫针治，足以糊口；鼓笑播精，足以食十人。上征武士，则支离攘臂而游于其间；上有大役，则支离以有常疾不受功；上与病者粟，则受三钟与十束薪。"形容无用之人。

⑤ 瓶笙，煎茶烧水沸腾的声音。古人以瓶煎茶，微沸时发音如吹笙，故称。宋苏轼《瓶笙》诗引："刘几仲饯饮东坡，中觞闻笙箫声……出于双瓶，水火相得，自然吟啸，盖食顷乃已。坐客惊叹，得未曾有，请作《瓶笙》诗记之。"

⑥ 蟹眼，螃蟹的眼睛。比喻水初沸时泛起的小气泡。宋庞元英《谈薮》："俗以汤之未滚者为盲汤，初滚者曰蟹眼，渐大者曰鱼眼，其未滚者无眼，所语盲也。"

⑦ 鱼候，鱼，指"鱼目"，形容煎水的程度。唐代人多用"鱼目"、"蟹眼"比喻煎水的程色。如皮日休《煮茶诗》："时看蟹目溅，乍见鱼鳞浮。"候，指候汤，古人点茶专用术语。指掌握煎水的适度，点茶水要煮到恰到好处，不老不嫩。《茶经》："候汤最难。未熟则沫浮，过熟则茶沉，前世谓之蟹眼者，过熟汤也。沉瓶中煮之不可辨，故曰候汤最难。"

⑧ 金沙，指金沙寺僧，相传为紫砂壶的创始人。

⑨ 敦庞，敦厚朴实。

⑩ 弆（jǔ），收藏。

⑪ 解，指乐曲的一章。郭茂倩《乐府诗集》卷二六《相和歌辞》序曰："凡诸调词歌，并以一章为一解。《古今乐录》曰：'伧歌以一句为一解，中国以一章为一解。'王僧虔启云：'古曰章，今曰解。解有多少，当时先诗而后声。诗叙事，声成文；必使志尽于诗，音尽于曲。是以作诗有丰约，制解有多少；犹《诗·君子阳阳》两解、《南山有台》五解之类也。'"

之中发出笙篁之声，不必疑虑是茶水煮过了火候。

老僧忘了参禅，童子正在春茶，一壶天地，茶香袅袅从手指间飘扬。与友人把臂闲谈，说起金沙寺僧创制紫砂的往事。敦实的造型取法自古人，对之更添人寿。

调寄《踏莎行》。大石老兄出示所藏时大彬制壶拓影，为之填词一首，即请指正。乙丑（1985）小寒，徐行恭时年九十三岁。

时大彬汉方壶题咏补遗译注

时少山方壶

张廷济

通高三寸六分，方二寸二分，口九分，錾高二寸。纯素。楷书四行在底，中二行："黄金碾畔绿尘飞，碧玉瓯中素涛起。"右一行"大宁堂"，左一行"时大彬"。

黄土谁抟作汉方，一时千载姓名香（吴兔床年伯题此壶曰"千载一时"）。品题不假朱王重（谓竹垞、阮亭两先生）。弓冶何惭赵董良。（大彬父鹏善制壶，与董翰、赵梁、元畅为四名家①）。自富技能须绝顶，可撑文字到枯肠。重吟细把真无奈（玉溪生句②），赢得壶中岁月长。

——引自张廷济《清仪阁杂咏》③

---

① 四名家，周高起《阳羡茗壶系·正始》："董翰，号后溪，始造菱花式，已殚工巧。赵梁，多提梁式。亦有传为名良者。玄锡。时朋，即大彬父。是为四名家。万历间人，皆供春之后劲也。董文巧，而三家多古拙。"按，"时鹏"一作"时朋"；"元畅"即玄锡，"玄"字因避康熙讳改，"畅"字为"锡"字之讹。

② 玉溪生，即唐代诗人李商隐。"重吟细把真无奈"句，出自李商隐《即日》诗："一岁林花即日休，江间亭下怅淹留。重吟细把真无奈，已落犹开未放愁。山色正来衔小苑，春阴只欲傍高楼。金鞍忽散银壶漏，更醉谁家白玉钩。"

③ 见上海古籍出版社《续修四库全书》第1491册753页。又见台湾新文丰出版公司影印《丛书集成新编》第九三册第14页。

【译文】

此壶通高三寸六分，方二寸二分，口九分，錾高二寸。壶身纯素。壶底有楷书款字四行，中间二行是："黄金碾畔绿尘飞，碧玉瓯中素涛起。"右侧一行是"大宁堂"三字，左侧一行是"时大彬"三字。

是谁用黄泥抟成了这柄汉方壶？是称绝一时的时大彬，他的姓名千古流芳（吴骞年伯题此壶为"千载一时"）。它无须朱先生和王先生的品题才能为世人所重（指朱彝尊、王士 两位先生），时大彬本是名家时鹏的后人，即使在赵梁、董翰面前也毫不逊色（时大彬之父时鹏善制壶，与董翰、赵梁、元畅并称为四大名家）。时大彬的制壶技能堪称绝顶无双，

《清仪阁杂咏》书影一

續修四庫全書　集部　別集類

七五四

《清仪阁杂咏》书影二

而我枯索的诗肠却只能勉强凑合文字。我反复吟咏，细细把玩，真是无奈（此句是李商隐的诗句），在这一柄名壶面前，不知消磨了多少时光。

嘉庆癸亥八月得时少山方壶于隐泉王氏
系国初幼扶先生进士旧物赠以四诗

张廷济

添得萧斋一茗壶，少山佳制果精殊。从来器朴原团土，且喜形方未破瓴①。生面别开宜入画（兄子上林为绘图），诗肠借润漫②愁枯。金沙僧寂供春杳，此是荆南旧范模。

削竹镌留廿字铭，居然楷法本《黄庭》（周高起曰，时大彬款用竹刀画之，书法遒美，逼真山阴《换鹅经》③）。云痕④断处笔三折（盖留三折刀痕）。雪点披来沙儿星（壶质以沙土为之，俗所谓粗泥细做也）。便道千金输瓦注，从教七碗⑤补《茶经》。延陵著《录》⑥征君《说》⑦，好寄邮筒问"大宁"（吴兔床年伯著《阳羡名陶录》，芑堂征君⑧著《阳羡陶说》，此壶"大宁堂"款当必有考）。

琅琊世族溯蝉联，老物传来二百年。过眼风灯⑨增旧感（丁巳岁⑩孟

---

① 破瓴，削去棱角。比喻改方正为圆通。

② 漫，随意。

③ 《换鹅经》，指《黄庭经》，或指《道德经》。王羲之曾写以换鹅，故称。《晋书·王羲之传》："山阴有一道士，养好鹅，羲之往观焉，意甚悦，固求市之。道士云：'为写《道德经》，当举群相赠耳。'羲之欣然写毕，笼鹅而归，甚以为乐。"又《白孔六帖》卷九五亦记此事，称王羲之所写为《黄庭经》。

④ 云痕，形容笔画的转折处。

⑤ 七碗，唐卢仝《走笔谢孟谏议寄新茶》诗："一碗喉吻润；两碗破孤闷；三碗搜枯肠，唯有文字五千卷；四碗发轻汗，平生不平事，尽向毛孔散；五碗肌骨清；六碗通仙灵；七碗吃不得也，唯觉两腋习习清风生。"后世以"七碗茶"作为饮茶的典故。苏轼《六月六日以病在告独游湖上诸寺晚谒损之戏留一绝》："何须魏帝一丸药，且尽卢仝七碗茶。"

⑥ 延陵，古邑名，故址在今江苏常州市。春秋吴邑，公子季札因让国避居（一说受封）于此才。此处即指吴季札。按，吴骞姓吴，故此处以吴季札代指吴骞。《录》，指吴骞所撰《阳羡名陶录》。

⑦ 征君，指张燕昌。详见下注。《说》，指张燕昌所著《阳羡陶说》。此书今佚，《阳羡名陶录》中有所引用。

⑧ 芑堂征君，即张燕昌（1738—1814），字文鱼，又作文渔，号芑堂，又号金粟山人。浙江海盐武原镇人。乾隆四十三年（1777）优贡，嘉庆元年（1796）举孝廉方正。擅篆、隶、飞白、行、楷书，精篆刻，工画兰竹，兼善山水、人物、花卉，亦精竹木雕刻，皆攸然越俗，别有意趣。勤奋好学，为浙派创始人丁敬高弟。初及门时，囊负南瓜二枚为赘，各重十馀斤。敬欣然受之，为烹瓜具饭焉。曾以飞白体入印，海盐文人治印之风，变始自张氏。并善鉴别，凡商周铜器、汉唐石刻碑拓，潜心搜剔，不遗余力。曾自摹古文字为《金石契》，收录吉金贞石资料达数百种。又曾至宁波天一阁，摹石鼓文，筑石鼓亭，勒石于家。另著有《飞白书》、《石鼓文考释》、《芑堂印存》等。

⑨ 风灯，比喻生命短促，人事无常。唐吕岩《沁园春》词："人世风灯，草头珠露，我见伤心眼泪流。"

⑩ 丁巳岁，即嘉庆二年（1797）。

中观携是壶留余斋旬日，戊午①冬孟化去），知心胶漆②话新缘（王心耕上舍③为余作缘得此壶）。未妨会饮④过诗屋（西邻葛见岩，布衣，辟溪阳诗屋，吟咏其中，藏有陈用卿所制壶），大好重携品隐泉（隐泉在北市刘家滨，水底遇盛夏水涸时，跳珠飞雪，汩汩靡穷，酿酒煎茶，异常甘冽。余命之曰"隐泉"。是处林木深秀，前辈李元龙先生御⑤旧居于此，因又名"高士泉"）。闻说休文⑥曾有句，可能载笔赋长篇（姊婿沈竹岑广文曾赋此壶贻王君安期）？

活火新泉逸兴赊，年年爱斗雨前茶。从钦法物⑦齐三代（张岱《梦忆》⑧：宜兴龚春、时大彬瓦罐，直跻之商彝周鼎之列而毫无惭色，则是其品地也。吾家藏有商周彝品十数种，殿以此壶，弥增古泽），便载都篮⑨只一家（弟季勤藏有石林中人壶，兄子上林藏有陈鹤峰壶）。竹里水清云起液（篁里水名新溪），祇园⑩轩古雪飞花（东邻太平禅院，

① 戊午，即嘉庆三年（1798）。
② 漆，同"漆"。胶漆，比喻情谊极深，亲密无间。
③ 上舍，宋代太学分外舍、内舍和上舍，学生可按一定的年限和条件依次而升。见《宋史·选举志三》。明清以后便以"上舍"作为监生的别称。
④ 会饮，指将张廷济自藏汉方壶与葛所藏陈用卿壶会合聚饮。
⑤ 李元龙，名御。张廷济《桂馨堂集·竹里耆旧诗》："李元龙，名御。康熙十一年（1672）壬子举人，官贵筑令，住溪西刘家滨。"诗曰："李侯本土族，万里官贵筑。孙枝后寄籍（念祖），亦入廉孝录。故庐刘家滨，隐泉清于玉。谭艺谁过从，同年三鱼陆。"（上海古籍出版社《续修四库全书》第1491册第763页）
⑥ 休文，指沈约，字休文。此处以沈约代指沈铭彝。
⑦ 法物，指古代祭祀用的礼器。
⑧ 张岱（1597—1679），又名维城，字宗子，又字石公，号陶庵、天孙，别号蝶庵居士，晚号六休居士。山阴（今浙江绍兴）人，寓居杭州。出生仕宦世家，少为富贵公子，精于茶艺鉴赏，明亡后不仕，入山著书以终。著有《琅嬛文集》、《陶庵梦忆》、《西湖梦寻》、《夜航船》等。按，以下陈述引自《陶庵梦忆》卷二《砂罐锡注》："宜兴罐以龚春为上，时大彬次之，陈用卿又次之。锡注以黄元吉为上，归懋德次之。夫砂罐，砂也；锡注，锡也。器方脱手，而一罐一注价五六金。则是砂与锡之价其轻重正相等焉，岂非怪事。然一砂罐、一锡注，直跻之商彝周鼎之列而毫无惭色，则是其品地也。"
⑨ 都篮，用以盛茶具或酒具的木竹篮。
⑩ 祇园，全称"祇树给孤独园"，又称"给园"、"给孤独园"。位于中印度憍萨罗国舍卫城之南，为佛陀说法遗迹中最著名之处。据佛经记载，舍卫城须达长者夙怜孤独，好行布施，人誉为给孤独长者。他皈依佛陀后，欲觅一地为佛陀建筑精舍，见祇陀太子之花园颇为清净旷旷，乃欲购之，然为太子所拒。太子为令长者却步，遂以黄金铺满花园为出售之条件，须达长者乃以象

旧有沸雪轩，嘉靖庚申吴尚书鹏为作《碑记》曰："家仲鹤偕文学高道渐读书禅院。余烟水归来，先瞻祇苑。家仲曰：'谁似约者额此萧斋①？阿兄试实之。'时沙弥煮山泉，沸如涛声，道渐曰：'胡不以沸雪额之？'余大快。道渐书之，而余为记云。"见前明嘉兴县令汤齐所修邑志）。与君到处堪煎吃，珍重寒窗伴岁华。

——引自张廷济《清仪阁杂咏》②

【译文】

我的寒斋中最近又添一柄茶壶，此壶乃是时大彬的佳作，其形制的确精彩特殊。朴素的器形用紫泥团制而成，它方方正正，不尚圆融，十分令人喜爱。这别开生面的制作最适合描绘成图（我的侄子上林为此壶绘制了图样），我枯索的诗肠也借此壶得到了滋润。金沙寺僧的作品早已不见，供春的名作也极为罕闻，而此壶才是荆溪之南时大彬的旧作真品。

时大彬削竹为刀，在壶底镌刻了二十字铭文，这字的楷法竟然是取法自王羲之的《黄庭经》（周高起说，时大彬刻款用竹刀，其书法遒劲秀美，能直逼王羲之用来换鹅的《黄庭经》）。字的行笔一波三折（因为字画上有笔触三折的刀痕），壶身上有星星点点的硇砂犹如雪片一般（此壶用沙土做成，就是世俗所说的"粗泥细做"法）。纵有千金也不抵这一柄泥质的陶器，从此这烹茶的器具当补写入陆羽的《茶经》。吴骞先生著有《阳羡名陶录》，张燕昌先生著有《阳羡陶说》，我正好寄一封信去，向他们请教"大宁堂"的来历（吴骞老丈著有《阳羡名陶录》，张燕昌先生著有《阳羡陶说》，此壶底的"大宁堂"款，他们必定能够考证明白）。

（续）————

驮黄金铺地，太子为其诚心所感，遂将园中所有林木奉施佛陀，故以二人名字命名为"祇树给孤独园"。后用为佛寺的代称。此处指张廷济所居住的太平寺。

① 萧斋，指佛寺。唐张怀瓘《书断》："武帝造寺，令萧子云飞白大书'萧'字，至今一字存焉。李约竭产自江南买归东洛，建一小亭以贮，号曰'萧斋'。"

② 见上海古籍出版社《续修四库全书》第1491册第753页；又见台湾新文丰出版公司影印《丛书集成新编》第九三册第14页。

琅琊王氏的世族时代蝉联，这老物传承已经有二百年。想起逝去的友人，犹如风灯过眼，更加增添我的感慨（嘉庆二年孟中观曾携此壶来我斋中留十多日，嘉庆三年孟中观即去世），我亲密无间的好友又为此壶续添新缘（监生王心耕为我牵头购得此壶）。不妨携此壶去隔壁的溪阳诗屋与葛澂一起会饮（西邻葛澂见岩先生是布衣，建溪阳诗屋，在斋中吟咏诗歌，他藏有陈用卿所制壶），更可以重携此壶去隐泉一起品尝新泉（隐泉在北市刘家滨，在盛夏水干涸时，水底有泉水流出，飞珠喷沫，水流不断，用此水酿酒煎茶，其味非常清新甘冽。我将此水命名为"隐泉"。此地树木深秀，前辈李御元龙先生的旧居就在此处，所以又称"高士泉"）。我听说沈铭彝曾为此壶题过诗句，如今是否能动笔再赋一首新诗（我的姐夫沈铭彝教谕曾为此壶赋诗，赠给王君安期）？

通红的炉火和清新的山泉使人逸兴飞扬，我每年都爱同好茶之士一起品尝雨前新茶。从今此壶与我家藏的三代古物一起陈列（张岱《陶庵梦忆》中说，宜兴龚春和时大彬的陶罐，完全可以跻身商彝周鼎之列而没有愧色，这就是此壶的品位。我家藏夏商周三代青铜器十多种，在以此壶压阵，更增添古气），那时我用竹篮装载，把此壶与我弟季藏、侄子上林的两件名壶合成一家（吾弟季藏藏有石林中人壶，侄子上林藏有陈鸣远壶）新篁里河水清清，缭绕着幽幽云雾（新篁里的水名新溪），太平寺里的沸雪轩中落花正随风飞舞（我家东壁有太平禅院，寺中旧有沸雪轩，嘉靖三十九年，尚书吴鹏作《碑记》说："我的二弟仲鹤偕文学友人高道渐读书于禅院中。我从外地风雨归来，先到寺中瞻仰。二弟说：'谁能像古代李约命名萧斋那样为此处斋室题名？阿兄试看看。'当时有小沙弥正在烧水，水沸如海涛之声，高道渐就说：'何不就命名为沸雪呢？'我大为高兴。高道渐书写匾额，而我写下这了篇《记》。"此记载见于明代嘉兴县令汤齐所修县志）。我到那里与你一起煎茶品尝，虽岁末寒窗，情谊更加深重。

时少山壶赞

张廷济

一壶千金，一时千载。曾酌廉泉^①，青浦遗爱。入吾清仪，珍同鼎鼐^②。永宝用之，时乎难再。

——引自张廷济《清仪阁杂咏》^③

【译文】

一壶价值千金，时大彬流芳千古。王幼扶曾用此壶酌廉泉，这是他遗爱青浦县的珍贵见证。如今它入了我的清仪阁中，我将它珍爱如上古器物。我的子孙要永远宝用此壶，因为时大彬的作品很难再见。

时大彬方壶澂母家王氏藏之百数十年矣辛酉秋日过隐泉访安期表弟出此瀹茗并示沈竹岑广文诗即席次韵

葛澂

隐泉故事话高人（隐泉一名高士泉），况有名陶旧绝伦。煮茗肯辞甘草癖^④，成诗底^⑤买玉壶春^⑥。宾朋聚散空多感，书卷飘零此重珍。记取年年来一呷^⑦，未妨桑苎目茶神。

——引自张廷济《桂馨堂集·顺安诗草》卷一^⑧

【译文】

说起隐泉的往事，就让人想起曾居住此地的高士（隐泉又名高士

---

① 廉泉，又名廉水，源出陕西南郑县，流入汉水。《南史·胡谐之传》："（范柏年）见宋明帝，帝言次及广州贪泉，因问柏年：'卿州复有此水不？'答曰：'梁州唯有文川、武乡、廉泉、让水。'又问：'卿宅在何处？'曰：'臣所居廉、让之间。'帝嗟其善答。"喻指清廉官吏居住之水。

② 鼎鼐(nài)，鼎和鼐。古代两种烹饪器具。此指珍贵的古代礼器。

③ 见上海古籍出版社《续修四库全书》第1491册第754页；又见台湾新文丰出版公司影印《丛书集成新编》第九三册，第15页。

④ 甘草癖，指茶癖。宋陶谷《清异录·甘草癖》："草中之甘，无出茶上者。宜追目陆氏为甘草癖。"

⑤ 底，何，什么。

⑥ 玉壶春，酒名。代指酒。

⑦ 呷(xiā)，小口地喝水。

⑧ 此诗另见《阳羡名陶续录·艺文》、《阳羡砂壶图考·前贤文翰》，文字略有别。

泉），更何况还有名家所制的紫砂陶精妙绝伦。酒后干渴的我岂肯推辞好茶的润爽，清新的诗句更勾起我的酒兴。宾客友朋聚散无常，空添我几多感慨。旧藏的书卷纷纷飘零，今日又被珍藏。从此我每年都要来此饮一杯好茶，世人不妨将我看作茶神陆羽。

叔未三兄得时大彬方壶于隐泉王氏赋
四诗见示即叠辛酉题是壶诗韵一首

葛澂

移向墙东旧主人，竹田位置更超伦。瓦全果胜千金注，时好平分满座春（周高起曰，陶肆谣云："壶家妙手称三大。"盖谓时大彬及李大仲芳、徐大友泉也。余为转一语曰："明代良陶让一时。"）。石乳石林真继美（叔未令弟季勤藏宜兴壶二，一陈鸣远制，底镌"石乳泛轻花"，一方壶，底阳文"石林中人"四篆字，系天启时吴万化物也。二品俱余为作缘），宝尊、宝敦合同珍（叔未藏商尊一，文曰"册斑作父乙宝尊彝"，藏周敦二，一曰"丰侯即作朕皇考尊敦"，一曰"惠作朕文考率伯尊敦"）。从今声价应逾重，试诵新诗句有神。

——引自张廷济《桂馨堂集·顺安诗草》卷一①

【译文】

此壶今天换了主人，在竹林田野掩映的斋室中，位置更加突出。一柄陶器，竟能胜过黄金打造的器物，嘉朋好友围坐一堂，一同分享这满堂的春色（周高起说，陶市中有民谣说："制壶的名家妙手有三大。"是说时大彬和李大仲芳、徐大友泉。我换一句话说是："明代的著名陶工，都要属于时大彬。"）。石乳壶、石林壶可以与之并美（叔未的弟弟季藏藏有两件宜兴壶，一件是陈鸣远所制，壶底镌刻"石乳泛轻花"，一件是方壶，壶底阳文刻"石林中人"四个篆字，是天启时吴万化的旧物。这两件壶都是由我介绍得以收藏的），宝尊、宝敦与它同受珍爱（叔未藏有商尊

① 此诗另见《阳羡名陶续录·艺文》、《阳羡砂壶图考·前贤文翰》，文字略有别。

一件，铭文为"册斑作父乙宝尊彝"，又藏有周敦两件，一件铭文为"丰侯即作朕皇考尊敦"，另一件铭文为"惠作朕文考率伯尊敦"。）从此它是声价将更加隆重，我口诵新诗，仿佛如有神助。

《桂馨堂集·顺安诗草》书影一

《桂馨堂集·顺安诗草》书影二

葛澂

隐泉故事话高人　隐泉一名／况有名陶旧伦

煮茗肯辞甘草辨成诗底买玉壶春贫朋浆散

空多感书卷飘零此重珍记取年年来一呷未

妨桑苎月茶神

叔未三兄得时大彬方壶於隐泉王氏赋

四诗见示即蒙辛酉题是壶诗韵一首

移向牆东旧主人竹田位置更超伦瓦全欵胜

子金注时好平分满座春　同高起曰陶肆谚云／一日陶肆三大蠢

　谓时大彬及李大仲方徐大友妙手耳三大蠢／余为转一语曰明代良陶识一时也　石乳石林

桂馨堂集　顺安诗草卷一　　　　十三

　叔未令弟勤藏宜典壶二一陈明遒

　石乳林中人四篆字石泛轻花一方壶底阳文石

　万化物也余为作缘天启时供作父乙宝尊敦合同珍

　敕二未藏商彝一品文日宝尊宝敦藏周

　文考卒斑日作朕皇皇敦作朕皇

　伯尊敦卒从今声价逾重试徵新诗句有神

建文元年应天府铜权

甲子三月十八湖州汪载庆茂才

所贻五月十三赋寄宜泉翁秋部

昔得建文二年权湖州府字识一遍今权得自湖

州府建文纪元字独全权重■两形楷圆惟时元

年惟府应天七字镌就非雕镌吾思应天府治明

初实都此街衢洞达闾阎且千室丝耀縠课税数

《桂馨堂集·顺安诗草》书影三

附　录

时大彬研究资料辑要

犀象金牛之器非不贵重，商周彝鼎非不甚古，余性不能好也。自余来阳羡，有客示以时大彬罍，甚小，而其价甚贵，余心恶之曰："必击碎之为快。"而所谓时大彬者，必屏诸四夷为快。一日，遇诸杨纯父斋中，其人朴野，黧面垢衣。余问纯父："渠何以淫巧索高价若此？"纯父曰："是渠世业，渠偶然能精之耳。初无他淫巧，渠故不索价，性嗜酒，所得钱辄付酒家，与所善村夫野老剧饮，费尽乃已。又懒甚，必空乏久，又无从称贷，始闭门竟日抟埴，始成一器，所得钱辄复沽酒尽。当其柴米赡，虽以重价投之不应，且购者甚众，四方缙绅往往寓书县令，必取之。彼虽穷昼夜疲精神力不给，故其势自然重价如此。渠但嗜酒，焉知其他。"余近遇云间康季修谈之更详，余于是欲尽击碎其壶而足其酒终身焉。嗟乎！吾吴中祝希哲草书、唐伯虎画并称神品，为本朝第一，又并有文章盛名，然其人皆日坐松竹间，散发裸饮，其胸中翛然无一事。当盛暑，虽以台使者之重造门迫之不屑也。今观时大彬一艺至微，似不足言，然以专嗜酒故能精而以成其名，况于书与画、而况于文章、而况于学圣人学佛者也。

——徐应雷《书时大彬事》（见黄宗羲《明文海》卷三百五十二）

往时供春茶壶，近日时大彬所制，大为时人宝惜，盖皆以粗砂制之，正取砂无土气耳。

——许次纾《茶疏》（见吴骞《阳羡名陶录·谈丛》）

宜兴罐以龚春为上，时大彬次之，陈用卿又次之。锡注以黄元吉为上，归懋德次之。夫砂罐，砂也；锡注，锡也。器方脱手，而一罐一注价五六金，则是砂与锡之价，其轻重正相等焉，岂非怪事？然一砂罐、一锡注，直跻之商彝周鼎之列而毫无惭色，则是其品地也。

——张岱《陶庵梦忆》

古今好尚不同，薄技小器，皆得著名。铸铜如王吉、姜娘子，琢琴如雷文、张越，窑器如哥窑、董窑，漆器如张成、杨茂、彭君宝。经历几世，士大夫宝玩欣赏，与诗画并重。当时文人墨士、名公巨卿、炫赫一时者，不知湮没多少，而诸匠之名，顾得不朽，所谓五谷不熟不如稊稗者也。近日小技著名者尤多，然皆吴人。瓦瓶如龚春、时大彬，价至二三千钱。龚春尤称难得，黄质而腻，光华若玉。铜炉称胡四，苏松人，有效铸者皆不能及。扇面称何得之。锡器称赵良璧，一瓶可直千钱，敲之作金石声，一时好事家争购之，如恐不及。其事皆始于吴中狷子，转相售受以欺，富人公子动得重赀，浸淫至士大夫间，遂以成风。然其器实精良，他工不及，其得名不虚也。千百年后，安知不与王吉诸人并传哉！

——袁宏道《瓶花斋杂录·时尚》

《茶说》：器具精洁，茶愈为之生色。今时姑苏之锡注，时大彬之沙壶，汴梁之锡铫，湘妃竹之茶灶，宣成窑之茶盏，高人词客、贤士大夫莫不为之珍重，即唐宋以来茶具之精，未必有如斯之雅致。

葛万里《清异论录》：时大彬茶壶，有名钓雪，似带笠而钓者，然无牵合意。

——陆廷灿《续茶经》卷中

近日一技之长，如雕竹则濮仲谦，螺甸则姜千里，嘉兴铜炉则张鸣岐，宜兴泥壶则时大彬，浮梁流霞盏则吴十九（号壶隐道人），江宁扇则伊莘野、仰侍川，装潢书画则庄希叔，皆知名海内，如陶南村所记朱碧山制银器之类，所谓虽小道必有可观者欤。

——王士禛《池北偶谈》卷十七

王祖玉贻一时大彬壶，平平耳，而四维上下虚空，色色可人意。今日盛洞山茶酌已饮倩郎，问："此茶何似？"答曰："似时彬壶。"予辗然洗盏，更酌饮之。

——张大复《梅花草堂笔谈》卷三《洞山茶》

赵凡夫倩人制茶壶，式类时彬辄毁之。或云求胜彬壶，非也。时彬壶不可胜，凡夫恨其未极壶之变，故尔尔。闻有钓雪，藏钱受之家，僧纯如云，状如带笠钓者，然无牵合意，亦奇矣，将请观之。

——张大复《梅花草堂笔谈》卷六《钓雪》

时大彬之物，如名窑宝刀，不可使满天下，使满天下必不佳。古今名手，积意发愤，一二为而已矣。时大彬为人埴，多袖手观弈，意尝不欲使人物色之，如避租吏，惟恐匿影不深，吾是以知其必传。虽然偃蹇已甚，壶将去之。黄商隐曰："时氏之埴，出火得八九焉。"今不能二三，盖壶去之矣。故夫名者身后之价，不可以先，不可以尽。吾友郑君约之塑也，昙阳死之。夫先与尽犹不可，况其有兼之者哉。悲夫！

——张大复《梅花草堂笔谈》卷十二《时大彬》

时大彬，号少山，或淘土，或杂碙砂土，诸款具足，诸土色亦具足，不务妍媚，而朴雅坚栗，妙不可思。初自仿供春得手，喜作大壶。后游娄东闻陈眉公与琅琊、太原诸公品茶施茶之论，乃作小壶。几案有一具，生人闲远之思，前后诸名家，并不能及。遂于陶人标大雅之遗，擅空群之目矣。

——周高起《阳羡茗壶系·大家》

李仲芳，行大，茂林子。及时大彬门，为高足第一。制度渐趋文巧，其父督以敦古。仲芳尝手一壶，视其父曰："老兄，这个何如？"俗因呼其所作为"老兄壶"。后入金坛，卒以文巧相竞。今世所传大彬壶，亦有仲芳作之，大彬见赏而自署款识者。时人语曰："李大瓶，时大名。"

——周高起《阳羡茗壶系·名家》

徐友泉，名士衡，故非陶人也。其父好时大彬壶，延致家塾。一日，强大彬作泥牛为戏，不即从，友泉夺其壶土出门去，适见树下眠牛将起，尚屈一足。注视捏塑，曲尽厥状。携以视大彬，一见惊叹曰："如子智能，异日必出吾上。"因学为壶。变化式、土，仿古尊诸罍器，配合土色所宜，毕智穷工，移人心目。予尝博考厥制，有汉方、扁觯、小云雷、提梁卣、蕉叶、莲方、菱花、鹅蛋、分裆索耳、美人垂莲、大顶莲、一回角、六子诸款。泥色有海棠红、朱砂紫、定窑白、冷金黄、淡墨、沉香、水碧、榴皮、葵黄、闪色、梨皮诸名。种种变异，妙出心裁。然晚年恒自叹曰："吾之精，终不及时之粗。"

——周高起《阳羡茗壶系·名家》

欧正春，多规花卉果物，式度精妍。邵文金，仿时大汉方独绝，今尚寿。邵文银。蒋伯荂，名时英。四人并大彬弟子。蒋后客于吴，陈眉公为改其字之敷为荂。因附高流，讳言本业，然其所作紧致不俗也。

——周高起《阳羡茗壶系·雅流》

镌壶款识，即时大彬初倩能书者落墨，用竹刀画之，或以印记，后竟运刀成字，书法闲雅，在《黄庭》、《乐毅》帖间，人不能仿，赏鉴家用以为别。次则李仲芳，亦合书法。若李茂林，朱书号记而已。仲芳亦代时大彬刻款，手法自逊。

　　　　　　　　　　——周高起《阳羡茗壶系·别派》

　　陶肆谣曰："壶家妙手称三大。"谓时大彬、李大仲芳、徐大友泉也。予为转一语曰："明代良陶让一时。"独尊大彬，固自匪佞。

　　　　　　　　　　——周高起《阳羡茗壶系·别派》

　　壶之土色，自供春而下，乃时大初年，皆细土淡墨色，上有银沙闪点，迨硇砂和制，縠绉周身，珠粒隐隐，更自夺目。

　　　　　　　　　　——周高起《阳羡茗壶系·别派》

　　茶壶，以砂者为上。盖既不夺香，又无熟汤气。供春最贵，第形不雅，亦无差小者。时大彬所制又太小。若得受水半升而形制古洁者，取以注茶，更为适用。

　　　　——文震亨《长物志》（见吴骞《阳羡名陶录·谈丛》）

　　时壶名远甚，即遐陬绝域犹知之。其制始于供春壶，式古朴风雅，茗具中得幽野之趣者。后则如陈壶、徐壶，皆不能仿佛大彬万一矣。一云，供春之后四家，董翰、赵良、袁锡（疑即玄畅），其一即大彬父时鹏也。彬弟子李仲芳，芳父小圆壶。李四老官号养心，在大彬之上，为供春劲敌，今罕有见者。或沦鼠菌，或重鸡彝壶，亦有幸不幸哉。

　　　　——陈贞慧《秋园杂佩》（见吴骞《阳羡名陶录·谈丛》）

　　宜兴时大彬，制砂壶名手也。尝挟其术以游公卿之门，其子后补诸生。或为四书文以献嘲，破题云："时子之入学以一贯得也。"盖俗称壶为罐也。

　　　　　　——《先进录》（见吴骞《阳羡名陶录·谈丛》）

先府君性嗜茶，所购茶具皆极精。尝得时大彬小壶，如菱花八角，侧有款字。府君云："壶制之妙，即一盖可验试。随手合上，举之能吸起全壶。所见黄元吉、沈鹭邑锡壶亦如是，陈鸣远便不能到此。"既以赠一方外，事在小子未生以前，迄今五十余年，犹珍藏无恙也。余以先人手泽所存，每欲绘图勒石纪其事，未果也。

——张燕昌《阳羡陶说》（见吴骞《阳羡名陶录·谈丛》）

吾友沙上九（人龙）藏时大彬一壶，款题"甲辰秋八月时大彬手制"。近于王汋山季子斋头见一壶，冷金紫，制朴而小，所谓游娄东见彝州诸公后作也，底有楷书款云"时大彬制"，内有一纹线，殆未曾陶铸以前所裂，然不足为此壶病。

——张燕昌《阳羡陶说》（见吴骞《阳羡名陶录·谈丛》）

客耕武原，见茗壶一于倪氏六十四研斋，底有铭曰："一杯清茗，可沁诗脾。大彬。"凡十字，其制朴而雅，砂质温润，色如猪肝，其盖虽不能起全壶，然以手拨之则不能动，始知名下无虚士也。即手摹其图，复系以诗云。

——陈鳣《松研斋随笔》（见吴骞《阳羡名陶录·谈丛》）

今吴中较茶者，壶必言宜兴瓷云。始万历间大朝山寺（当作金沙寺）僧，僧传供春，供春者，吴氏小史也。至时大彬，以寺僧始，止削竹如刃，剜山士为之。供春更斫木为模，时悟其法，则又弃模。

——周容《宜兴瓷壶记》（见吴骞《阳羡名陶录·文翰》）

宋尚书时彦裔孙名大彬，得供春之传，毁甓以杵春之，使还为土，范为壶。燀以熠火，审候以出，雅自矜重。遇不惬意，碎之，至碎十留一；皆不惬意，即一弗留。彬枝指，以柄上拇痕为标识。

——李斗《扬州画舫录》卷四《新城北录中》

时大彬手制砂壶，余见过甚多，仅记最佳者两壶。一刻"黄金碾畔绿尘飞，碧玉瓯中细涛起"，一则正面刻"负耒而行道，冻馁而守仁"十字，阴面刻一耕夫携一小儿。长白鹤参仙藏。

——徐康《前尘梦影录》卷下

大彬，为宋尚书时彦裔孙，时朋之子，号少山。壶艺传至大彬，始蔚然大观，为完成时期初期。制作之敦朴妍雅，实兼其长，故推壶艺正宗。其制法，陶土之内杂以碙砂，尝毁旧甃以杵春之，使还为土，范为壶，燖以熠火，审候出之。雅自矜重，遇不惬意者碎之。（李斗《扬州画舫录》）诸款具足，诸土亦具足，宜乎周伯高推为大家，有"明代良陶让一时"、"独尊大彬固自匪佞"等语。时为人敦雅古穆，壶如之，波澜安闲，令人起敬。其下俱因瑕就瑜矣。（周容《宜兴瓷壶记》）凡所制壶不务妍媚，而朴雅坚致，妙不可思。初仿供春，喜作大壶，后游娄东，闻陈眉公与琅琊太原诸公品茶试茶之论，乃作小壶。几案陈一具，生人闲远之思，前后诸名家皆不能逮。遂于陶人标大雅之遗，擅空群之目矣。吴梅鼎品评，称其典重，又谓其曲尽厥妙，尝挟其术以游公卿之门，其子后补诸生，或为四书文以嘲之云："时子之人学，以一贯得也。"盖俗称"壶"为"罐"。（《先进录》）观此，足见当时士夫之好尚矣。考诸记载，少山，万历间人，张叔未（廷济）云：顺治十八年，时年已老。然则少山克享大年，清初始殁，可无疑义。陶肆谣云"壶家妙手称三大"，盖谓时大彬、李仲芳、徐友泉也。所传弟子甚众，皆知名于世。

附考证

品质

1.其制朴而雅，砂质温润，色如猪肝，其盖虽不能翕起全壶，然以手拨之，则不能动，始知名下无虚士也。（陈鳣《松砚斋随笔》）

2.陈其年赠高侍读澹人以宜壶二器，并系以诗，内有句云："宜壶作者推龚春，同时高手时大彬。碧山银槎濮谦竹，世间一艺俱通神。""彬也沉郁并老健，沙粗质古肌理匀。"

特征

大彬枝指，以柄上拇痕为标识。（李斗《扬州画舫录》）

书法

1.周伯高曰：大彬款用竹刀，书法逼真换鹅经。

2.又曰：镌壶款识，时大彬初倩能书者落墨，用竹刀画之，或以印记，后竟运刀成字，书法闲雅，在《黄庭》、《乐毅》帖间，人不能仿，赏鉴家用以为别。

3.张叔未得时少山方壶，赋诗，有句云："削竹镌留廿字铭，居然楷法本黄庭。"

【康按】大彬传器无多，且名高价重，赝鼎充斥，鉴别匪易。但根据上述三说，当以楷书款字而书法在《黄庭》、《乐毅》间者为可靠。大彬早年倩能书者落墨，或恐书非一体，似难考证，然其后竟能运刀成字，书法闲雅，在《黄庭》、《乐毅》帖间，则其代书者必此两帖书法无疑。想必大彬刀刻日久，如久临字帖，故能得其法度也。

题识

1.客耕武原，见茗壶一柄于倪氏六十四砚斋，底有铭曰："一杯清茗，可沁诗脾。大彬。"凡十字。（陈鳣《松砚斋随笔》）

2.张燕昌曰：吾友沙上九见时大彬一壶，款题"甲辰秋八月时大彬手制"。近于王勺山季子斋头见一壶，冷金紫制，朴而小，所谓游娄东见弇州诸公后作也，底有楷书款云"时大彬制"。内有纹一线，殆未曾陶铸以前所裂，然不足为此壶病。

3.张叔未得时少山方壶，底镌"黄金碾畔绿尘飞，碧玉瓯中素涛起"二句，欧公诗也。沈竹岑和叔未诗自注。右署"大宁堂"三字，左署"时大彬"三字。（《阳羡图说》）

【康按】上述三条俱纪大彬题铭署款，而不涉印章。细考各书著录，言大彬印章者仅得伯高"或以印记"四字。大抵大彬作壶，必用章者少，署款者多。而考其传器，署款者必精工，盖章者必粗朴，从未见署款而兼盖章者，盖明季风尚使然。大抵款章并用者，自陈鸣远辈始耳。

传器

1.荐村尝以时大彬梅花砂壶赠汪近人，汪赋诗谢之，有"浑然制作梅花式"句（《阳羡名陶录》）。

2.吴槎客诗题云：苣堂明经以尊甫瓜圃翁旧藏时少山茗壶见示，制作醇雅，形类僧帽，为赋诗而返之。诗乃七古，内有句云："一行铭字昆吾刻，岁纪丙申明万历。"

3.张燕昌云：先府君性嗜茶，尝得时大彬小壶，如菱花八角，侧有款字，随手合盖，举之能翁起全壶，陈鸣远便不能到此。

4.吴槎客云：长洲陆贯夫绍曾博古士也，尝为予言，大彬壶有分四旁底盖为一壶者，合之注茶，渗屑无漏，名六合一家壶，离之乃为六，其艺之神妙如是。

5.吴槎客云：予藏大彬壶三，皆不刻铭。

6.宜兴时大彬瓷壶，予有三执。其极大者，闵义行赠，口柄肥美，体肤稍糙，似初年所制，底有刻款"戊午年日时大彬制"，"时"字与"日"字连，可疑也。其小者，得自陈健夫，扁如柿饼，不得容杯水，柄下刻"大彬"二字，紫质坚厚，亦可宝也。中者色淡紫，而胞浆明润，敦朴稳称。非他手可能，闻之羊山朱天锦云，此名宝顷时壶，藏之两代矣。曲阜孔东塘尚任享金簿。

7.《艺术丛编》载大彬方壶，底锓铭云"黄金碾畔绿尘飞，碧玉瓯中素涛起"。款署"大宁堂"、"时大彬"楷书四行，即张叔未藏品也。

8.又载大彬六角壶，底镌"万历丙申年时大彬制"两行楷书。

9.郑秋枚《砂壶全形拓本》刻大彬菱花式壶，工巧有致，有"大彬"二字楷书款。

10.披云楼藏老朱泥大彬中壶一持，参砂坚润，形式如柿，盖内锓"大彬"二字，曩为宣古愚藏于歇浦，失慎碎其盖，赠与友人蔡寒琼，寒琼转以赠予。附志于此，聊表雅谊。（康附识）

11.披云楼藏扁花篮形浓紫大壶一具，古朴有韵致，底钤长方印"大宾制"三字，书法古拙，在篆楷之间。考《文房肆考》曰，有时大宾以紫泥烧茶壶。《茗壶图录》曰大宾即大彬，吾国士夫习俗每用谐音字，想亦近人伍懿庄作乙庄，谭组庵作组安之例也。

12.碧山壶馆藏猪肝色大壶，泥质温润，工巧敦朴兼而有之，底镌行书"叶硬经霜绿，花肥映日红。大彬制"。其十三字草书，想倩人代书者也。

杂评

1.往时龚春茶壶，近日大彬所制，大为时人宝惜，盖皆以粗砂制之，正取砂无土气耳。随手造作，颇极精工。顾烧时必须火力极足，方可出窑。然火候少过，壶又多碎坏者，以是益加贵重。火力不到者，如以生砂注水，土气满鼻，不中用也。（吴次纾《茶疏》）

2.吴兔床作隶书题张叔未时壶图，册首曰"千载一时"。

3.文震亨《长物志》云：壶以砂者为上，盖既不夺香，又无熟汤气。供春最贵，第形不雅，亦无差小者。时大彬所制又太小。若得受水半升而形制古洁者，取以注茶，更为适用。

——李景康、张虹《阳羡砂壶图考·正传》

明代晚期最负盛名的紫砂大家是时大彬。他是时鹏之子，号"少山"，可能亦作"大宾"。他的生年不详，但在清顺治十八年（1661）仍健在，估计他的制壶全盛时代当在万历后期至明末。从各种文献的零星记载看，时大彬制壶的特点大约有以下几个方面：（一）在用料方面，以粗砂为主，大多硇砂和制，致使"縠绉周身，珠粒隐隐"。总的说应是"沙粗质古肌理匀"。（二）时大彬所制壶，早期以大壶为主，晚期多制小壶，从已有记载看，有圆壶、扁壶、梅花式、僧帽式、菱花八角式等等。（三）在制作方法上，时壶为捏造车坯。据传，在壶柄上有拇痕为标识。（四）绝无绘画装饰，以素面为主，很少诗文刻铭。少数在器盖上有印花装饰。（五）在款识方面，以"大彬"和"时大彬制"为多。早年请能书者落墨，由时本人用竹刀刻划，或以印记；后期时本人书法精进，能用竹刀随意划写，多用楷书，运笔有晋唐小楷意。时壶似应或用题记，或用印章，但不大可能有题记和印章并用的情况。

由于时大彬壶在明代已价值连城，所以当时就有仿品，清初人孔尚任（1648—1718）在《享金簿》中载道："宜兴时大彬瓷壶，予有三执，其极大者，闵义行赠，口柄肥美，体肤稍糙，似初年所制，底有刻款戊午年日时大彬制，时字与日字连，可疑也。其小者得自陈健夫，扁如柿饼，不得容杯水，柄下刻大彬二字，紫质坚厚，亦可宝也。中者色淡紫而胞浆明润，敦朴稳称"这里值得注意的有二点，一是孔尚任对他所藏时大彬大壶的真伪有疑问，说明即使如孔尚任那样清初的大收藏家，也已有收到仿品的可能。其二是孔所藏时大彬小壶柄下刻"大彬"二字，则说明在壶柄下刻款的习惯很早就已存在。

在明末紫砂壶制作大匠中，主要是时大彬的弟子和受其影响者，如李仲芳、徐友泉、欧正春、邵文金、邵文银、蒋伯荂、陈信卿、陈光甫、陈俊卿、沈君盛、陈子畦等等。此外，还有邵盖、周后溪、邵二孙、陈用卿、陈正明、闵鲁生、陈仲美、沈君用、徐令音、陈辰、陈和之、陈挺生、承云从、周季山、沈子澈、徐次京、惠孟臣等，虽非时大彬一脉相承，亦均属晚明的大家。

但在传世品中，往往很难确认何者是他们的原作。由于从明代后期起，仿名家砂壶的赝品充塞市场，特别是十九世纪后期至二十世纪前期，对明代以来各个大家的作品几乎无所不仿，其中尤以二十世纪三四十年代上海的汤某所仿为最，由于汤君本人文学、书画均有较深的造诣，且深晓明清紫砂器制作的历史，因此他的仿品都能切合各大家的时代特征，更增加了鉴定的难度。近期来，有一些墓葬的出土资料，或者可为鉴定明代的名家紫砂器有所帮助，但由于在明代已有仿品，因此，当时带入墓葬的也有并非绝对是真品的可能。

1966年南京中华门外大定坊油坊桥发现明嘉靖十二年（1533）司礼太监吴经墓。该墓出土紫砂提梁壶一件，质地近似缸胎而稍细，壶盖裹为简单的十字筋，现藏南京市博物馆。此器是目前所见有绝对年代可考的、墓葬出土的最早明代紫砂壶。在壶身上有粘附的"缸坛釉泪"，说明当时尚未另装匣钵而是和缸钵类器同窑烧成的。

1968年在扬州江都县境内出土一件紫砂壶，同时伴出的有明万历四十四年（1616）砖刻地券一方（见《文物》1982年第6期第91页）。此壶赭红色，身呈六角形，盖马圆形，盖上有小圆顶，顶上有对合的半弧纹，壶嘴呈六角形，但很不规整，把为五角形，壶底刻有楷书"大彬"款。

1987年7月，福建漳浦发现明万历四十年工部侍郎卢维桢墓，出土紫砂壶一件，壶呈敦形，褐色，三足外撇，盖如敦盖，嘴流弯曲，底有"时大彬制"楷书刻款。

此外，在江苏无锡崇祯初年华氏墓中也出土一件紫砂壶，壶身光素，但盖上有四朵印花云肩如意纹，嘴流弯曲，底刻"大彬"二字。

上述这三件时大彬壶有几个共同的特征：一是胎质均为粗砂，且都非硇砂和制，因此并无"縠绉周身，珠粒隐隐"；二是壶身均为光素，但其中一件的盖有凸起印花纹饰；三是壶嘴均为弯曲；四是款字都属楷书刻款。当然，这些特征只可作为进一步研究时大彬壶的重要资料，绝不可能由此把和这些特征不完全一致的传世器都看成伪品。

上海博物馆所藏时大彬壶即为"硇砂和制，珠粒隐隐"。受水量极少，似为晚期所制，其盖钮顶部为直穿孔，器底圈足之处理，十分精致，题款"源远堂藏大彬制"七字，显然为晋人小楷笔意，尤以"堂"字和"制"为最，较之传世仿品绝非呆板之楷法可比。

——汪庆正《上海博物馆藏宜兴陶器》[①]

时大彬，宋尚书时彦的裔孙，时鹏之子，字少山，生于明万历间，殁于清康熙初年。他的艺术光辉，照耀着整个紫砂工艺的历史。从来吟咏陶壶的诗人，都把他和供春并论。林古度作《陶宝肖象歌·为冯本卿金吾作》有：

---

① 见汪庆正《中国陶瓷钱币碑帖研究》，上海世纪集团出版股份有限公司、上海古籍出版社，2006年版第132页。

昔贤制器巧含朴，规仿尊壶从古博。

我明供春时大彬，量齐水火抟埴作。

陈维崧《赠高侍读澹人以宜兴壶二器，并系以诗》有：

宜壶作者推龚春，同时高手时大彬。

又吴省钦《论瓷绝句》云：

宜兴妙手数龚春，后辈还推时大彬。

此外，甚至把时大彬推崇到供春之上，看作自有砂艺以来第一名手，也大有其人。如陈仲鱼（鳣）的《观六十四研斋所藏时壶率成一绝》诗，有：

陶家虽欲数供春，能事终推时大彬。

以上引文，均出自《阳羡名陶录》卷下。徐喈凤《重刊宜兴县志》云"供春制茶壶，款式不一继如时大彬益加精巧，价愈腾"，也是同样看法。总之，时大彬在紫砂工艺史上，占着极其崇高的地位。

时大彬善于总结前人经验，并从各方面吸收意见，艺术素养日益提高，终于成为一代宗匠。

时大彬的早期作品，朴雅坚致，多模仿供春大壶。自从他"游娄东，与陈眉公、琅琊（王鉴）、太原（王时敏）诸公品茶施茶之论"以后，才改制小壶，风格为之一变。可见当时的一辈名士画家对于他的壶艺风格，影响很大。此后时大彬挟其绝技，交接公卿，才名益盛，壶艺也益精进。所谓"遂于陶人标大雅之遗，擅空群之目矣"，正是说明这个时期的情况。

时大彬的创作态度，极其严肃，每有新作，如不惬意，即行毁弃，虽碎弃十之八九，亦所不惜。但据说后世所传的时大彬壶，间有他的学生李仲芳的手制品，大彬见赏而自署款识的，故有"李大瓶（瓶即壶），时大名"的传说。

我们推想，大彬晚年，声誉过盛，对于远近前来求壶的好事者，苦于应接不暇的时候，不得已把仲芳的作品修整款署，聊以应付。发生这类事情，是大有可能的。我们在中外古今的艺术史上，不难发现类似的故事，不足为奇。

以时大彬生前的声誉之盛、地位之尊，推量起来，他一生创作，定然为数不少。但实际情况，似乎并不如此。时大彬离今不过三百多年，而留存的作品，却已寥寥无几。不说现在，即在清乾隆年间，他的手制，已经视同稀宝了。

我们试把见于著录、图片和所见传器一并罗列起来，不过下列30余种：

1. 倪氏六十四研斋壶（陈鳣《松砚斋随笔》）。

2. 沙上九见一壶，题"甲辰秋八月时大彬手制"（张燕昌《阳羡陶说》）。

3. 王沟山所藏冷金紫小壶，款有楷书"时大彬制"（同前一书）。

4. 汪士慎所藏梅花壶。汪有《苇村以时大彬所制梅花砂壶见赠，漫赋兹篇，志谢雅贶》诗（汪士慎《巢林诗集》）。

5. 张叔未（廷济）藏汉方壶。张叔未《时少山方壶》诗云："黄土谁抟作汉方，一时千载姓名香（吴兔床年伯题此壶曰'千载一时'）。品题不假朱王重（谓竹垞、阮亭两先生），弓冶何惭赵董良（大彬父朋善制壶，与董翰、赵梁、元锡为四名家）。自富技能须绝顶，可撑文字到枯肠。重吟细把真无奈（玉溪生句），赢得壶中岁月长。"壶"通高三寸六分，方二寸二分，口九分，錾高二寸。纯素。楷书四行在底"（张廷济《清仪阁杂咏》）。

6. 张瓜圃藏僧帽壶。吴骞有《茝堂（燕昌）明经以尊瓜圃翁旧藏时少山茗壶见示，制作醇雅，形类僧帽，为赋诗而返之》诗，有"岁纪丙甲明万历"句（《阳羡名陶录》卷下）。

7. 张燕昌家旧藏菱花八角壶，侧有款字（张燕昌《阳羡陶说》）。

8. 六合一家壶。吴槎客云："长洲陆贯夫绍曾，博古士也。尝为予言：大彬壶有分四旁、底、盖为一壶者，合之注茶，渗屑无漏，名六合一家壶，离之仍为六。"（《阳羡名陶录·续录》）

9. 吴槎客藏时壶三柄。吴骞《叔未解元得时大彬汉方壶来诗属和》中

有"三时我未餍，一夔君已足"句。注云："予藏大彬壶三，皆不刻铭。君虽一壶，底有欧公诗二句，为尤胜。"（同前书）

10.蔡少峰藏宝俭堂壶，底款"为宝俭主人制"。张廷济有《时少山壶为蔡少峰锡恭赋》云云。按宝俭堂为明华亭马元调室名。原注："款云'辛丑秋日'，是顺治十八年（1661年），时年已老。"

11.六角壶，底镌"万历丙申时大彬制"，两行楷书。

12.菱花式壶，有"大彬"二字楷书款。

13.老朱泥柿形中壶，近人宣古愚旧物，后归蔡寒琼（哲夫）转赠李景康。

14.披云楼藏扁花篮形大壶，底镌长方形"大宾制"三字，书法古拙，在篆楷之间（《阳羡砂壶图考》）。按《文房四考》曰："时大彬以紫泥烧茶壶，大宾即大彬。"

15.近人张虹藏猪肝色大壶，工巧敦朴，兼而有之，底镌"叶梗经霜绿，花肥映日红。大彬制"十三字草书。

16.阳羡某氏藏提梁卣壶（周容《宜兴瓷壶记》，引自《阳羡名陶录》卷下）。

17.阳羡某氏藏汉觯壶（同前书）。

18.曲阜孔尚任所藏中壶。"色淡紫而胞浆明润，敦朴稳称，非他手所能。得之羊山朱天锦，云'此名宝倾时壶'。"（孔尚任《享金簿》）

19.曲阜孔尚任藏小壶。"得自陈健夫，扁如柿饼，不得容杯水，柄下刻'大彬'二字，紫质坚厚"（同前书）。

20.澹明壶，有"澹明相公清玩，万历庚寅，大彬"十二字。

21.马思赞藏时壶，以方氏核桃墨向希文易得，马有诗记其事（《阳羡名陶录》卷下）。

22—25.潘伯英藏大彬四壶，故有"四时佳兴与人同"句。

26.伶俐不如痴钵盂（梁绍壬《两般秋雨庵随笔》）。

27.长白鹤参仙藏壶，正面刻"负耒而行道，冻馁而守仁"十字，阴面刻一耕夫携一小儿（徐康《前尘梦影录》卷下"砂壶既以宜兴擅名"

条）。

28.天香阁壶，紫黑色，盖刻"天香阁，大彬"五字，形制浑朴，气色雄浑，是大彬早期的作品，现存南京博物院。

29.六方壶，泥色红若胭脂，形制规整，底刻阴文"大彬"行书。1965年出土于扬州江都丁沟公社万历四十四年的明墓中，确是大彬手制，现存扬州博物馆。

30.扁壶，上刻"源远堂藏，大彬制"（《宜兴陶瓷发展史》）。

31.僧帽壶，形似僧帽，棱角突起，线条流畅，壶盖壶身吻合，分毫不差，形制精雅，具有较高的工艺价值。底款"生莲居，大彬"五字。

32—34.英藏瓷家David藏大彬壶三具：梨皮瓜棱壶，高9.5厘米，有"五照阁，时大彬"款署，曾展出于1935—1936年中国艺术伦敦国际展览会；永玉堂壶，镌有"万历甲辰永玉堂制，大彬"十字；梨皮色长方壶，高12.8厘米，底镌"万历丁酉，时大彬"七字。

35.如意纹三足圆壶，把下刻楷书"大彬"款，1984年江苏无锡县甘露乡华涵莪墓出土，有崇祯二年（1629年）墓志伴出。

36.扁鼎足盖圆壶，底刻楷书"时大彬制"款，1987年福建漳浦县盘陀乡卢维祯墓出土，有万历四十年（1612年）墓志伴出。

37.提梁圆壶，壶面刻行书"以仟养浩然，大彬"款，1987年陕西延安柳林乡王家沟杨如桂墓出土，有崇祯壬午年（1642年）墓志伴出。

　　——刘汝醴、吴山《宜兴紫砂文化史·紫砂工艺的繁荣》[1]

---

① 刘汝醴、吴山《宜兴紫砂文化史》，浙江摄影出版社2000年版，第29页。

时大彬紫砂作品叙录

出土时大彬壶

三足盖圆壶

霍华《读出土砂壶手札》记载："底款：'时大彬制'楷书刻款。通高11、口径7.5、腹径11厘米。1987年7月福建省漳浦县盘陀乡通坑村卢维桢墓出土。福建省漳浦县博物馆藏。""嘴是合模，上下都有哈夫模印，民间曾经采集到出土的流的合范。另外，盖的内外部都有石英粒，在阳光下闪闪发亮。""圈足内足墙外撇，外足墙直，这种足式样比较特别。"[1]

三足盖圆壶
（福建漳浦县博物馆藏）

按：墓主卢维桢为明万历年间户、工二部侍郎，生卒年为1543至1610。此壶在出土时盖圈已有轻度磨损，当为墓主人生前使用所致。

此壶称三足盖圆壶，或称鼎足盖圆壶。器形饱满圆润，口、盖严丝合缝，制作工艺精湛。盖作三鼎足式，这一设计，别有巧思：第一，鼎足式样取自古代青铜器造型，简练古朴，古典气息醇厚；第二，鼎足的外边处理为内弯弧线形，既增强了线条的流动感，又能与整器的圆形造型协调吻合；第三，鼎足的设计可以在砂壶启盖时将壶盖倒置与桌面，一器化为两器，组合完美；第四，鼎足盖启盖倒置的实用性，是保持壶盖的清洁，并不使盖内水汽滴落桌面，实用性十分突出。

三足盖圆壶底款

这一鼎足盖的巧妙设计，使我们想到了吴

---

① 霍华《读出土砂壶手札》，载《东南文化》2007年增刊第89页。

骞《阳羡名陶续录·本艺》记载的时大彬六合一家壶："长洲陆贯夫（绍曾），博古士也，尝为予言，大彬壶有分四旁、底盖为一壶者，合之注茶，渗屑无漏，名六合一家壶。离之仍为六，其艺之神妙如是。然此壶予实未见，姑识于此，以广异闻。"显然，此壶的设计思想，与记载的六合一家壶有异曲同工之妙。

六方壶

六方壶
（江苏扬州博物馆藏）

霍华《读出土砂壶手札》描述："底款：'大彬'阴文楷书款。通高11厘米、口径5.7厘米。1968年江苏省江都县丁沟乡红飞村郑王庄明万历四十四年曹氏墓出土。江苏省扬州市博物馆藏。"[①]按，曹氏墓中伴出的有明万历四十四年（1616）砖刻地券一方，可为此壶的入葬年代提供确切的依据。

此壶呈赭红色，形制规整。壶身为六角形，盖为圆形，盖上有小圆顶，顶上有对合的半弧纹。壶嘴为不规整的六角形直流，壶把为五角形。此壶紫砂泥质较细，风格古朴雅致，气度十分端庄。

吴炜《大彬款六方紫砂壶》记述此壶出土经过如下：

大彬紫砂壶是由扬州博物馆的考古人员蔡起先生下放江都时发现的，其时邻村的一位农民下地劳动时，遇到了一座小型明墓，遂私自将墓挖

---

① 霍华《读出土砂壶手札》，载《东南文化》2007年增刊第90页。

开，只取到了一只壶带回家，之后他想请博物馆的下放干部看看，于是来请教老蔡。当老蔡一眼看到此壶时，职业的敏感促使他问及此壶是从哪里弄来的？村民回答是挖地时出土的。老蔡就请村民带他到墓地察看，并雇了几个民工又将墓清理了一遍，结果又出了一方砖刻地券。以后这批文物由老蔡保管并交给馆里。这件紫砂壶发现的时间是1968年，地点是江都县丁沟公社洪飞大队郑王队所在地域。伴出的砖刻地券上记载：大明万历四十四年（1616）四月，墓主人身份是"民人曹文良"和"妻王氏"。①

宋伯胤《大彬款六方紫砂壶》评鉴此壶曰：

那末，这件六方紫砂壶到底具有哪些特征呢？

第一，它有明确的纪年。

根据田野发掘记录，它是作为一件随葬品在万历四十四年（1616）四月被带入坟墓的。因而，这件六方紫砂壶的制成年代绝不会晚于万历四十四年。如果它是死者生前使用和喜爱的，那末，它的制成或许还要早几年或十几年。

第二，它有作者名款。

壶底竖刻"大彬"二字，用笔熟练，只是"大"字最后一捺，有点滞重。"彬"字三撇，起刀轻挑，然后用力下捺，落锋尖细轻浅。名下无印章，亦无纪年或其他文字题记。这和李景康说的：大彬作壶"从未见署款而兼盖章者"是相符的。

第三，它的造型是精粗并见，有继承亦有创新。

这件六方紫砂壶，作赭红色。通高11厘米，口径5.7厘米，底径8.5厘米。表皮虽经打磨，但因坯体中含有小泥粒，故少平整明润感。

这件六方壶的造型，虽在羊角山的发掘品看到过，或是一种历史较久的样式。但在时大彬手里，从砂壶的稳定感出发，对它作了极有影响于后世的改进。首先，他把六片壶片笔直地镶在壶底外周，这比羊角山那件六角形砂壶稍稍内敛的底部要平稳得多；第二，他已注意到壶身、壶嘴与壶

① 文见朱家溍、曹者祉主编《中国古代工艺珍品》，上海文化出版社1997年版，第367页。

把的空间均衡，只是壶把向外回转稍大了一点；第三，他已注意到壶嘴、壶把与壶口的取平，虽然并未达到"三平"的标准，但他把壶嘴的底部做得比把底高约四分之一，用来增强平稳感；第四，他为这件壶身为六方形的砂壶，设计了一个圆形盖和圆锥形钮，这是不同于宋人传统的。按照盖与钮的造型要与壶形相协调的原则，这件砂壶的设计是不足为法的，但从收藏在故宫博物院的一件"大彬"款紫砂胎包漆方壶看，同样也是为方形壶身配上圆形盖钮。或者这是时大彬的"天圆地方"的宇宙观在陶器造型上的一种体现。第五，壶身素面无饰，也无文字题记。

关于时大彬的生卒年月，在文献材料中尚未发现。但从《许然明先生疏》以及有关他与松江陈继儒（1558—1639）、太仓王世贞（1526—1590）等人的交往看，时大彬可能生于嘉靖初年，死于万历三十二年前后。因此，这件六方紫砂壶可以认为是时大彬的晚年作品。

总之，这件六方紫砂壶作为万历型标准器的根据是很充分的，是符合陶瓷工艺发展规律的。由此，这件六方紫砂壶，也就堪称为国之重器。此壶现藏扬州市博物馆。[1]

莲子壶

霍华《读出土砂壶手札》描述："腹部属款：'大彬仿古'。高10.3厘米、口径6.1厘米、足径6厘米。1986年11月四川省绵阳市涪城区红星街房产公司基建出土。四川省绵阳博物馆藏。""嵌盖，盖钮顶部有一只小洞眼。圈足。腹部铭文款：'茶附，石鼎屯文火，云签品惠泉。大彬仿古'。'茶附'应为'茶赋'，下刻六角单线框坎卦，坎卦相对五行于水，大彬仿古款后面刻篆书印章，不可考。"[2]

按：霍华解释此壶铭文中"茶附"为"茶赋"，此说似可商榷。"附"字，《集韵》曰"托也"，《玉篇》曰"益也"，有辅助、增益之意。此处所谓"茶附"，似应解释为品茶的美器和良友之意。

---

① 文见梁白泉主编《国宝大观》，上海文化出版社1990年版，第113页。
② 霍华《读出土砂壶手札》，载《东南文化》2007年增刊第92页。

又，铭文"石鼎"，指煮水、烹茶的用具。唐皮日休《冬晓章上人院》诗曰："松扉欲启如鸣鹤，石鼎初煎若聚蚊。"宋范仲淹《酬李光化见寄》诗之二："石鼎斗茶浮乳白，海螺行酒艳波红。""屯"，聚集。"文火"，即小火。"云签"，指道家的典籍。宋李彭老《高阳台·寄题荪壁山房》词曰："缥简云签，人间一点尘无。绿深门户啼鹃外，看堆床、宝晋图书。""惠泉"指无锡惠山之泉。此铭文诗句描绘了高人雅士煮水烹茶、读书修道了超然境界。

莲子壶
（四川绵阳博物馆藏）

此壶铭刻坎卦，铭文中有"云签"等词句，使整器透露出一份浓郁的道家气息。而壶身造型圆润不失紧凑，饱满不失精致，古泽莹润，令人爱不释手。

长方锡提梁壶

霍华《读出土砂壶手札》描述："底款：'万历甲辰年大彬制'楷书刻款。高8厘米、口径8厘米×5厘米、底尺寸10厘米×6.5厘米。1972年11月印刷厂基建工地明末窖藏出土。四川省三台县文物管理所藏。""泥胎中有浅黄色细小颗粒，这把壶虽然是长方形的，但是它的形制和工艺与扬州市博物馆明万历大彬款六方壶一样，从侧面看，肩部的曲线都略带弧式，三台县文物管理所的同仁说，出土的时候还有一个脱落的锡质硬提梁。"[1]按，"万历甲辰年"为万历三十二年

长方锡提梁壶
（四川三台县文管所藏）

---

[1] 霍华《读出土砂壶手札》，载《东南文化》2007年增刊第92页。

（1604）。

据资料描述，此壶应为锡提梁壶，今提梁亦脱落，具体造型不明。但观此器身，造型方俊简练，直方的线条中微有弧形，分寸把握恰到好处，使器形呈现出方正而含蓄的意蕴。壶嘴也处理为长方管型，与壶身风格一致，壶嘴的弧线形并能与壶身的弧形相为呼应。若加以提梁，则壶身气韵复增高耸挺拔之气，乃使整器精神充沛。锡质提梁的设计，与泥胎的粗砂质感正好形成一种对比，丰富了视觉观赏性。

柿蒂纹三足圆壶

柿蒂纹三足圆壶
（江苏无锡市
锡山文管会藏）

霍华《读出土砂壶手札》描述："把下款：'大彬'楷书刻款。通高11.3厘米、口径8.4厘米。江苏省无锡市锡山区甘露乡萧塘明崇祯二年华师伊墓出土。江苏省无锡市锡山区文管办藏。""内壁近底处有环底和腹部的连接痕，侧腹部有竖直的合缝。胎子手感平，但是不光滑。这把壶的工艺是出土紫砂壶中工艺最好的一件。""盖面有柿蒂纹。柿蒂纹是汉代漆器上最常用的纹样之一。在明人周高超著《阳羡茗壶系》和清乾隆人吴骞著《阳羡名陶录》中多次提到，作紫砂壶'变化式土，仿古尊、罍诸器'，'制度精而取法古'，柿蒂纹是明代紫砂壶上的重要装饰纹样，和文献相对应，它是明代紫砂艺人用古器上的元素做明代紫砂壶的一个典型例子。"①按，该墓主为华师伊，是南京翰林学士，明万历四十七年（1619）卒于家中。

此壶呈浅褐色，泥质中有闪烁着浅黄色颗粒，粗细不一，正是文献所称"细土淡墨色，上有银沙闪点，迨硇砂和制，縠绉周身，珠粒隐隐，更自夺目"的情形。壶身与壶口的转接、壶把与壶身的上接口、壶嘴与壶身的衔接处以及壶足的造型，四处流线处理风格高度一致，圆转精密，显示出作者对造型的极强的掌控能力，使器形整体圆润而富有变化，堪称精美。基于这种整体风格，使得壶盖上的柿蒂纹装饰也不显突兀。或者换一个角度说，此壶的整体流线处理的灵感，就是来源于柿蒂纹中。细细观察柿蒂纹的造型和此壶的整体风格，当不难体会此种内蕴。在出土的时大彬款紫砂壶中，有纹样装饰的器物，此为孤例，因此对研究时大彬的制壶艺术显得尤为珍贵。

柿蒂纹三足圆壶把款

腰圆式提梁壶

霍华《读出土砂壶手札》描述："腹部属款：'吟竹养浩然。大彬'。高15.3厘米、口径5.1厘米×6.8厘米、足径5.2厘米×6.8厘米。1987年5月陕西省延安市宝塔区柳林镇王家沟村明崇祯十五年杨如桂墓出土。陕西省延安市宝塔区文体事业局藏。""这把壶的肩部同泰州六方壶一样有宽带条，但是，内壁用手摸没有明显的接痕，而泰州六方壶有明显的接痕。宋代审安老人

腰圆式提梁壶
（陕西延安宝塔
文体事业局藏）

---

① 霍华《读出土砂壶手札》，载《东南文化》2007年增刊第93页。

撰《茶具图赞》中关于'汤提点'（即执壶）的赞辞中有'养浩然之气'一句，壶腹部的'养浩然'典故应出自此。"①

此壶属款"吟竹养浩然"，而器形的设计也显然是与"竹"有关的。细观此壶口沿部的造型，已经有些许竹节的遗韵。在看粗圆的提梁，内部呈凹线形，提梁与壶身的衔接处，线条外展，与大自然中竹竿发枝的造型完全契合，使整个提梁如同弯制而成的一段竹枝，构思的巧妙和分寸的把握，非细品无以得之。据此，此壶或可定为"竹意提梁壶"，亦无不可。

此器整体风格敦实厚重，不落细巧，简练而内涵变化，为典型的明人审美风格。款字显系用竹刀直接契刻而成，疏落大方，虽不称精致，却铿锵有力，别有一丝霸悍拙辣之气。

圆壶

霍华《读出土砂壶手札》描述："底款：'丁未夏日时大彬制'，楷书刻款。高9厘米、口径5.8厘米、足径5.2厘米。1987年5月山西省晋城市泽州县大阳镇陡坡村明崇祯五年张光奎墓出土。山西省晋城博物馆藏。""胎泥中有砖红色的细小颗粒，手感平，但是不光滑，也许当时还没有明针②功夫，或者明针功夫的工艺还不成熟。

圆壶
（山西省晋城博物馆藏）

---

① 霍华《读出土砂壶手札》，载《东南文化》2007年增刊第94页。

② 明针，一种制陶工具。《紫砂壶制作技法》："明针——一种以牛角为材料制成的薄型牛角片，用来加工打光壶体表面。由于牛角片经过刮削成不同薄厚时，有相当的弹力和韧性，

出土时，壶里还放着茶叶。"①

按：此壶款属"丁未"，即为明万历三十五年（1607），此壶是出土时大彬款中有纪年作品的最晚的一件。另一件有纪年的作品即"万历甲辰年（1604）大彬制"款长方壶。这两件出土纪年器物对研究时大彬的紫砂壶艺术有不可替代的重要作用。

此壶造型略小，风格依然十分简练，并属粗砂细作的作风，也是与文献记载时大彬制壶特征所吻合的作品。

圆壶底款

传世时大彬壶

特大高执壶

北京故宫博物院藏。

壶高27厘米，口径13.5厘米。壶身刻铭："江上清风，山中明月。丁丑年大彬。""丁丑年"即万历五年（1577）。

此壶形体硕大，造型饱满圆浑，壶颈高挑，壶盖高耸，给人以十分挺拔壮健的感觉。盖纽为镂空球性，纽与盖的结合处贴饰几何图形，使硕大的壶体顿添几分装饰感。若以文献记载时大彬早年作大壶、后改作小壶的情况看，此壶应是时

特大高执壶
（北京故宫博物馆院藏）

〔续〕——————

表面光滑细腻，成为紫砂陶制作时必不可少的工具。明针有平头和三角两种，平头明针一般为修光壶身筒时所用，也称'身筒明针'；三角明针一般为修光壶嘴、壶把时所作，也称'嘴把明针'。"（王建中等著《紫砂壶制作技法》，北京工艺美术出版社1994年版，第18页）

① 霍华《读出土砂壶手札》，载《东南文化》2007年增刊第94页。

大彬早年作品。

凤首印包壶

上海唐云旧藏。

凤首印包壶
（上海唐云旧藏）

壶高7厘米，口径4.5厘米，纵3.4厘米。壶底镌："万历丙申时大彬制。"此壶呈紫黑色，泥用调砂，颗粒粗细不匀，随意散落，晶莹闪亮。壶身为印包式，壶嘴弯曲作凤首状，壶把为龙首。壶身、壶嘴、壶把的造型均生动细致，将自然器形和仿古造型融合无间，堪称精美绝伦。

按："万历丙申"为万历二十四年（1596）。

但此种过于精细的风格或非时大彬时代所有。周丽丽《关于时大彬款紫砂壶真伪问题的认识》："胎呈深褐色，其上有大小不等梨皮状斑点，器表颇为光净，虽有款，但粒珠如此醒目，紫砂壶胎泥与出土器物胎的特点相差甚远，其制作时代值得商讨。"[1]此说甚为有理。

按：此壶主体为"印包"的式样，即用包裹官印的意思，寓意加官进爵，这是古代官宦所喜用的一种吉祥器形。而凤首壶嘴和龙首壶把又寓意龙凤呈祥。此类寓意较为明确的世俗主题，似非明代所流行，可以进一步佐证周丽丽所质疑的此壶的时代问题。

玉兰花六瓣壶

香港茶具文物馆藏。

---

[1]　见《东南文化》2007年增刊第43页。

此壶是自然形的作品，在宜兴紫砂壶中，属筋囊器形。壶高8厘米，宽12.1厘米。整把壶呈一朵倒扣的玉兰花形，等分的花瓣和花蒂分别构成壶身和壶底，自上而下，浑然一气，花瓣肥厚饱满，流畅精美。壶嘴、壶把的造型取花枝形态，自然契合器形风格。尤其壶嘴的姿态低出而高耸，状如美人玉指，修长优美，有亭亭玉立之姿，堪称绝唱。壶体色呈紫红，砂质较细。壶底刻款："万历丁酉春，时大彬制。"按，万历丁酉为万历二十五年（1597）。

玉兰花六瓣壶
（香港茶具文物馆藏）

莲瓣僧帽壶

香港茶具文物馆藏。

壶高9.3厘米，口径9.4厘米。底款："万历丁酉年，时大彬制。"壶身为六边形，壶口外延饰五瓣莲花，第六瓣的花瓣尖外折改为注形流，壶注的造型与壶把手遥相呼应，又与壶身浑然一体，各元素的衔接十分自然协调。此壶棱角硬朗，泥色沉稳，通体工艺精湛而气度宽华，显得极为大气。按："万历丁酉年"为万历二十五年（1597）。

莲瓣僧帽壶
（香港茶具文物馆藏）

又，此壶与下一件唐云旧藏"僧帽壶"同型同调，通过莲瓣、壶流、壶把、盖纽、壶肩等细节的分寸、线条比较，可以体味作者的匠心所在，对紫砂壶艺术的品鉴大有裨益。

僧帽壶

上海唐云旧藏。

僧帽壶
（上海唐云旧藏）

此壶仿明宣德窑所出宝石红僧帽壶样式，在形式上又有所变化发展。壶体颜色暗栗，如古铁之色。壶身呈六角形，壶盖周围为五瓣莲花，状如僧帽，因此得名。壶底刻款："丛桂山馆，大彬。"楷书字款结体工致，作风细腻。

鉴于此壶的造型有一定的时代特征，周丽丽《关于时大彬款紫砂壶真伪问题的认识》一文中也曾对此壶存疑："僧帽式紫砂壶，其上落'丛桂山馆大彬'款，僧帽壶最早由元景德镇窑创烧，明永乐、宣德后，僧帽壶不再流行，直至清代景德镇才重新烧制，紫砂僧帽壶的流行年代则更晚，一般多见于晚清，乃至近现代。"[①]周文的这一鉴定思路，直击要害，应予认同。

白泥瓜棱壶

美国旧金山亚洲美术博物馆藏。

白泥瓜棱壶
（美国旧金山亚洲
美术博物馆藏）

壶高6.7厘米，宽14厘米。壶底刻款："品外居士清赏。己酉重九大彬。"此壶为瓜棱形筋囊器，胎泥呈浅黄色，隐含沙粒。此壶造型低矮敦实，瓜棱肥厚，壶嘴与壶把塑成瓜藤形，整体造型和谐。形式清新而有野趣，十分生动可人。

据韩其楼《紫砂壶全书》称，"品外居士"为陈继儒的别号，"己酉"即明万历三十七年（1609）。据文献记载，时大彬受陈继儒等人的影响改作小壶，因此两人的交往是于史有征的。但这样巧合的名家名人作品，以及其偏于精巧的

---

① 见《东南文化》2007年增刊第44页。

风格，是否为明代时大彬的真迹，也难以有更明确的证据加以进一步确认。

天香阁提梁壶

吴湖帆旧藏，南京博物院藏。

通高20.5厘米，口内径8.3厘米，口沿厚0.6厘米，直径16厘米。壶用泥料为调砂，壶身浑圆，壶嘴呈六棱形，上小下大，颜色暗栗。盖内有"大彬"款，款字左侧刻有"天香阁"小印，是为人订制的作品。

宋伯胤《独有"凝夜紫"一梁如长虹》评鉴此壶：

天香阁提梁壶
（南京博物院藏）

　　这件"大彬"款天香阁提梁紫砂壶其所以被人视为佳作，根据有三：

　　其一，坚致洗练的坯体，外观色泽呈黑紫色，正如李贺诗中说的"凝夜紫"和周高起说的"栗色暗"的样子。表面不平整，且隐隐现出极细小的针状砂粒，好像梨皮似的，且有手感。但壶身上下均无"缸坛油泪"。

天香阁提梁壶盖款

　　其二，壶身成型工艺是用打筒技法打成的，片子较为匀平。提梁与壶嘴深受羊角山手法影响，都是经过竹刀切削，呈多角形，边线劲直有力，梁、嘴与壶身虽是镶接，但看不出接塞的痕迹，浑然一体。提梁与壶身衔接处，虽因技术上的原故，作者把它做得厚实些，仿佛根植于壶的肩部，更增加了提梁的稳定性，而且也是一种"藏拙"的技法。壶口装上一圈短颈，用来加盖，但在颈与肩的衔接处，好像是用拇指重捺过，圆转自如，妙手天成，毫无人工镶接的痕迹。至于短颈上的压盖，做得更是工整规矩，准确紧凑，几乎是短颈的延伸。圆饼盖上缀出一个"六出"的花形钮，似有上下四方的含意，也是整个造型取得谐和的设计。

其三，造型特别好，有三点尤见巧思：（一）底部大，平平地落在一个平面上，从肩以下，壶身逐渐溜圆，使造型的重心亦随之下移，从而在底部增加了足够的重力，当然也就增加了壶的稳定感。（二）提梁特别高大，拱起如长虹卧波，在壶身上部为人们留出一个一望无际的穹隆空间，"周接四海之表，浮于元气之上"。说它"接"，又说它"浮"，实际上是要还给人一个"虚白高人静"（杜甫诗）的造意。这里，请看张守智教授特为这件砂壶写下的一段极为精辟的评价。张先生说："这壶的重心在稚的下部，造型稳健庄重，但通过提梁的回转，构成壶体上部的虚空感，使整体舒展大方，增加了整个造型的气势。提梁所形成的完整空间，亦增加了造型的装饰感。"造型的基本构思是一个"圆"字，从正面看，圆圆的壶身和圆圆的提梁重叠在一起，轮廓线相互交叉并受到阻断。因而使网形的主体感分外强烈，如从上方俯视看，壶底足一个大的圆形轮廓线组成的平面，壶盖是另一个小圆平面，两个圆面上下重叠而构成壶身。壶纽的所在，亦即这两个同心圆的圆心的位置，远远看去，它简直就像是环丘的高坛所在。

这些，除了作者的艺术才华和修养以及心理活动外，它还必须来自训练有素的眼力、手法，娴熟的技艺和日积月累的科学方法，此外，这件壶上如此规矩的提梁，成型与烧成极为不易，如果对紫泥的可塑性能和烧成温度没有精确的估算和有效的控制，它是很难烧成的。

这样看来，这件提梁紫砂壶在原料选炼，工艺工程和造型艺术三个方面所揭示的工艺条件以及制陶人的认知心理和创造才能，都是十分突出的。①

又，宋伯胤《独有"凝夜紫" 一梁如长虹》一文指出，此壶并非时大彬真迹：

如从大彬题款和制作工艺看，它并不是时大彬的作品，而是明末清初的仿时之作。②

又，宋伯胤《我读时大彬》文中曾进一步引用徐鳌润研究成果，认为此壶为徐龙文仿时大彬之作：

另外，前文讨论的时大彬提梁紫砂壶上"天香阁"小印的主人，徐鳌润先生有新发现，他说"天香阁"位于宜兴城内明吏部郎路迈（崇祯七年，即1634年进士）宅内。明亡，庄烈帝三子定王投住徐宅。事泄，清兵追至，路迈夫人"急出，以珍珠撒院中，捕者竟拾珠宝，定王得以逃遁。由是后人便把徐宅所在，命名为撒珠巷。"也就在离开撒珠巷徐宅不远，便是路迈从吴姓手中购得的"朱萼堂"。大约在崇祯十三年（公元1640年），徐友泉和许龙文曾经应聘在这里做紫砂壶。由此徐老便断定南京博物院收藏的"天香阁"提梁壶便是许龙文的仿作。许龙文何许人也？我不清楚，也没有见过他的真作，只在日人奥玄宝《茗壶图录》中见过几件，其中虽无提梁壶模式，但许喜用"荆溪"、"龙文"小圆方印，倒是相仿佛的。因此，我说徐老对这个问题

---

① 文见《宋伯胤说紫砂》，西泠印社出版社2008年版，第73页。
② 文见《宋伯胤说紫砂》，西泠印社出版社2008年版，第76页。

作出的回答应是经过审思明察，绝不是望文生义。[①]

虚扁壶

上海博物馆藏。

此壶高6.3厘米，直径14.1厘米，壶身极扁，颇为罕见。泥胎呈深紫色，经过调砂，题款为："源远堂藏，大彬制。"这把壶胎壁极薄，造型和谐，其突出之处在于扁而有神，如名家气度，谦卑不张扬，而腹中开阔，似可湖海巡游，颇有大家气度。

虚扁壶
（上海博物馆藏）

虚扁壶底款

但关于此壶的时代，周丽丽也曾质疑，其《关于时大彬款紫砂壶真伪问题的认识》中说："扁壶所刻'源远堂藏大彬制'款，没有落笔尖细的特点，刀工不够锋利，'制'字折刀内撇，与出土款字完全不同，'远'字笔划及刻工与晚清民国所仿陈鸣远款英雄壶上的'远'字在字体构成上十分相近，器物的胎质特别细腻，胎泥中的梨皮状颗粒醒目突出，由此可以确定，此壶的制作年代不是明万历朝。"[②]周文以铭文刻款为主要置疑点，可以作为一个方面。另外，即使以此种造型精巧别致的器形来判断，也不合明人古朴大方的制壶作风，因此周文的置疑应该是能够成立的。

紫砂胎剔红雕漆执壶

北京故宫博物院藏。

① 文见《宋伯胤说紫砂》，西泠印社出版社2008年版，第105页。
② 见《东南文化》2007年增刊第44页。

此壶以紫砂为胎，外加漆器工艺制作而成。壶高13厘米，口径7.8厘米。壶身四方，壶口为圆型，按传统称谓，一般可称为"汉方壶"。壶身以直线为主，微带弧形。漆层厚约三毫米，使整器显得厚实稳重。壶身四周有开光，内剔绘人物、山水、花鸟、树石等图案，开光外及壶肩、盖顶均密饰几何纹、松针文、云纹等图案，无有隙地。壶底髹黑漆，款署："时大彬制。"

紫砂胎剔红雕漆执壶
（北京故宫博物院藏）

此种工艺繁复、制作精工的紫砂壶器，在传世紫砂器中也十分少见，因属孤例，也颇难作出真伪的判断。

仿供春龙带壶

香港茶具文物馆藏①。

壶高9.2厘米，宽11.5厘米。壶底刻款："大彬仿供春式。"此壶造型仿明代永乐甜白釉三系把壶，并以龙带为饰。龙带包裹壶肩部，并顺势下行，线条即为流畅，简洁中透出精巧无比的构思，堪称杰构。此器以半圆壶结合龙带纹饰，兼有几何形器和筋囊器的特征，是一种比较特殊的品种。此壶胎体呈浅褐色，砂质细腻，微微隐现。壶嘴圆细流畅，状若葱管，造型十分细腻。

仿供春龙带壶
（香港茶具文物馆藏）

按，此种仿供春龙蛋壶据载见有二款，其一藏香港茶具文物馆，底款"大彬仿供春式"，即本器；其二见海洋公司版《砂壶集》第335页，底款："万历丁酉春时大彬制。"

仿供春龙带壶底款

---

① 线图见王建中、范建军、唐伯年《紫砂壶制作技法》，北京工艺美术出版社1994年版，第116页。

开光方壶

香港茶具文物馆藏。

开光方壶
（香港茶具文物馆藏）

壶高11.4厘米，口径7.7厘米。底款："时大彬制于三友居。"此壶为四方形，器身转折部略带圆形，壶口及壶盖亦为方中带圆的形式，此种壶式，传统上一般称为"汉方壶"，与本书张廷济旧藏时大彬制汉方壶拓本册所绘壶形十分相似，可以视为重要的参考品。此壶泥质细腻，有金色砂点。造型质朴简洁，开光中不作装饰，有明代紫砂壶简练明快的典型特征。

按，此种开光方壶传世亦有二款：其一为香港茶具文物馆藏品，底款"时大彬制于三友居"，即为本器；其二见第40期《壶中天地》，底款"万历丁酉时大彬制"。

仿古大圆壶

日本京都万福寺藏。

仿古大圆壶
（日本京都万福寺藏）

此壶通高19.3厘米，壶身刻铭文："茶熟清香有，客到一可喜。时大彬仿古。"壶身浑圆，似一粒珠造型。壶盖为截盖式，纽扁平。壶把即壶嘴圆润遒劲，通身纯素无纹饰，清爽大气。

据徐秀棠《紫砂工艺》一书中介绍：

与我国出土"时壶"相映成趣的是，我们在日本的刊物上发现了一把时大彬的"大壶"。这是中国禅宗临济宗高僧隐元大师带往日本时所用的物品，保存在日本京都万福寺中。据《历史大辞典》介绍：隐元禅师（1592—1673），明末清初福清（今属福建）人，俗姓林，名隆琦，以号行。29岁出家，先学《法华经》，又习《楞严经》，属临济宗杨岐派人。住黄檗山。南明永历八年（1654）应华籍日僧逸然之请，得郑成功之助，从厦门到达日本长崎兴福寺。后谒将军德川家纲。宽文元年（1661）在京都宇治创建万福寺，开黄檗宗，是为初祖，广传佛法。日皇室赐"大光普照国师"。这把壶应是可靠的时大彬的大壶，通高19.3厘米，壶身饱满，壶身有铭文"茶熟清香有，客到一可喜。时大彬仿古"十五字，行楷风格，当是时大彬早年的作品。①

除以上所列诸壶外，据有关资料显示，传世的时大彬款紫砂壶还有：

仿供春龙带壶（海洋公司版《砂壶集》第335页。底款："万历丙申仿供春制大彬。"）、开光方壶（在第40期《壶中天地》出示。底款："万历丁酉时大彬制。"）、半瓜水盂（壶身铭："辛亥夏至制于正己常为可先老先生。少山时大彬。"唐云旧藏。）②、"笠帽壶"、"大彬壶"、"葵花壶"③、"花瓣式壶"④等，限于笔者目前所掌握的资料，对这些壶的工艺，此处不作更具体的介绍。⑤

著录时大彬壶

检诸典籍，其中记载的时大彬制壶主要如下：

仿供春壶

周高起《阳羡茗壶系·正始》："人皆证为龚，予于吴同聊家见时大彬所仿，则刻'供春'二字，足折聚讼云。"

---

① 图文见徐秀棠《紫砂工艺》，浙江人民出版社2009年版，第37-38页。

② 以上三件，见徐秀棠《中国紫砂》，上海古籍出版社1998年版，第134页。

③ 以上三件，见韩其楼《紫砂壶全书》，华龄出版社2008年版，第102-104页。

④ 以上一件，见周丽丽《关于时大彬款紫砂壶真伪问题的认识》，《东南文化》2007年增刊第42页。

⑤ 按，除此处所列者外，尚有多件，可参见吴山《中国紫砂辞典》，江苏美术出版社2007年版第168-169页所列信息。因资料分散，信息错综，其中或难免有重复所见，故此不再例举。

菱花八角壶

吴骞《阳羡名陶录·谈丛》引张燕昌《阳羡陶说》："先府君性嗜茶，所购茶具皆极精，尝得时大彬小壶，如菱花八角，侧有款字。府君云：'壶制之妙，即一盖可验试。随手合上，举之能吸起全壶。所见黄元吉、沈鹭邑锡壶亦如是，陈鸣远便不能到此。'既以赠一方外，事在小子未生以前，迄今五十余年，犹珍藏无恙也。余以先人手泽所存，每欲绘图勒石纪其事，未果也。"

沙上九旧藏壶

吴骞《阳羡名陶录·谈丛》引张燕昌《阳羡陶说》："吾友沙上九（人龙）藏时大彬一壶，款题'甲辰秋八月时大彬手制'。近于王汋山季子斋头见一壶，冷金紫，制朴而小，所谓游娄东见弇州诸公后作也，底有楷书款云'时大彬制'，内有一纹线，殆未曾陶铸以前所裂，然不足为此壶病。"

冷金紫壶

倪氏六十四研斋旧藏壶　吴骞《阳羡名陶录·谈丛》引陈鳣《松研斋随笔》："客耕武原，见茗壶一于倪氏六十四研斋，底有铭曰："一杯清茗，可沁诗脾。大彬。"凡十字，其制朴而雅，砂质温润，色如猪肝，其盖虽不能起全壶，然以手拨之则不能动，始知名下无虚士也。即手摹其图，复系以诗云。"

希文旧藏壶

吴骞《阳羡名陶录·文翰》载马思赞（仲韩）《希文以时少山砂壶易吾方氏核桃墨》。

张燕昌旧藏僧帽壶

吴骞《阳羡名陶录·文翰》载吴骞《芑堂明经以尊甫瓜圃翁旧藏时少山茗壶见示，制作醇雅，形类僧帽，为赋诗而返之》："云有当年手泽好。想见硇砂百炼精，传衣夜半金沙老。一行铭字昆吾刻，岁纪丙申明万历。弹指流光二百秋，真人久化莲昙锡。（吴梅鼎《茗壶赋》云：刻桑门之帽，则莲叶擎台。）昨暂留之三归亭，箧中常作笙磬声。跃然起视了无睹，惟见竹炉汤沸海月松风清。乃知神物多灵闪，不独君家双宝剑。愿今且作合浦归，免使龙光斗牛占。噫嘻公子慎勿嗟，世间万事犹抟沙。他日来寻丙舍帖，春风还啜赵州茶。"

钓雪壶

陆廷灿《续茶经》卷中引葛万里《清异论录》："时大彬茶壶，有名钓雪，似带笠而钓者，然无牵合意。"张大复《梅花草堂笔谈》卷六《钓雪》："闻有钓雪，藏钱受之家，僧纯如云，状如带笠钓者，然无牵合意，亦奇矣，将请观之。"

天雷坛供物壶

李斗《扬州画舫录》卷一《草河录上》："（天雷坛供物）中有时大彬砂壶，盖与口合，如胶漆不能开，摇之中有水声，斟之无点滴，数十年如一日。"

伶俐不如痴壶

梁绍壬《两般秋雨庵随笔·伶俐不如痴》："向在友人家，见一阳羡砂钵盂，用以为水注，旁缀一绿菱角、一浅红荔支、一淡黄如意，底盘一黑螭虎龙，即以四爪为足，下镌'大彬'二字。设色古雅，制度精巧，而四物不伦不类，莫知其取义。后询一老骨董客，谓余曰：'此名伶（菱）俐（荔）不（钵）如（意）痴（螭）。时大彬、王元美旧有此制。'乃知随处皆学问也。"

澹明壶

梅南频《紫砂与收藏》："大彬一生结交公卿，名声四扬。他的作品大都被友人收藏，大彬并镌刻赠言，如'澹明壶'，壶上刻有'澹明相公清玩，万历庚寅大彬'十二字。"[1]

提梁壶

吴骞《阳羡名陶录·文翰》载周容《宜兴瓷壶记》："是日主人出时壶二，一提梁卣，一汉觯，俱不失工所言。"

汉觯壶

吴骞旧藏壶（三件）本册吴骞题诗："三时我未餍，一甔君已足。"自注："予藏大彬壶三，皆不镌铭，君虽一壶，而底有欧公诗二句，为尤胜。"

六合一家壶

吴骞《阳羡名陶续录·本艺》："长洲陆贯夫（绍曾），博古士也，尝为予言，大彬壶有分四旁、底盖为一壶者，合之注茶，渗屑无漏，名六合一家壶。离之仍为六，其艺之神妙如是。然此壶予实未见，姑识于此，以广异闻。"

汪士慎旧藏梅花壶

吴骞《阳羡名陶续录·艺文》载汪士慎《茗村以时大彬所制梅花沙壶见赠，漫赋兹篇，志谢雅贶》诗："阳羡茶壶紫云色，浑然制作梅花式。寒沙出冶百年余，妙手时郎谁得如。感君持赠白头客，知我平生清苦癖。清爱梅花苦爱茶，好逢花候贮灵芽。他年倘得南帆便，随我名山佐茶燕。"

孔尚任旧藏大壶

《阳羡砂壶图考·时大彬》引孔尚任《享金簿》："宜兴时大彬瓷

---

① 见中国人民政治协商会议江苏省宜兴县委员会文史资料研究委员会《宜兴文史资料》第14辑《宜兴陶瓷专辑》，1988年版，第35页。

壶，予有三执。其极大者，闵义行赠，口柄肥美，体肤稍糙，似初年所制，底有刻款'戊午年日时大彬制'，'时'字与'日'字连，可疑也。其小者，得自陈健夫，扁如柿饼，不得容杯水，柄下刻'大彬'二字，紫质坚厚，亦可宝也。中者色淡紫，而胞浆明润，敦朴稳称。非他手可能，闻之羊山朱天锦云，此名宝顷时壶，藏之两代矣。"

孔尚任旧藏小壶

孔尚任旧藏宝顷壶

六角壶

《阳羡砂壶图考·时大彬》引《艺术丛编》："又载大彬六角壶，底镌'万历丙申年时大彬制'两行楷书。"

菱花式壶

《阳羡砂壶图考·时大彬》："郑秋枚《砂壶全形拓本》刻大彬菱花式壶，工巧有致，有'大彬'二字楷书款。"

披云楼旧藏老朱泥壶

《阳羡砂壶图考·时大彬》："披云楼藏老朱泥大彬中壶一持，参砂坚润，形式如柿，盖内镂'大彬'二字，曩为宣古愚藏于歙浦，失慎碎其盖，赠与友人蔡寒琼，寒琼转以赠予。附志于此，聊表雅谊。（康附识）"

披云楼旧藏扁花篮形浓紫大壶

《阳羡砂壶图考·时大彬》："披云楼藏扁花篮形浓紫大壶一具，古朴有韵致，底钤长方印'大宾制'三字，书法古拙，在篆楷之间。考《文房肆考》曰，有时大宾以紫泥烧茶壶。《茗壶图录》曰大宾即大彬，吾国士夫习俗每用谐音字，想亦近人伍懿庄作乙庄，谭组庵作组安之例也。"

碧山壶馆旧藏猪肝色大壶

《阳羡砂壶图考·时大彬》："碧山壶馆藏猪肝色大壶，泥质温润，工巧敦朴兼而有之，底镌行书'叶硬经霜绿，花肥映日红。大彬制'。其十三字草书，想倩人代书者也。"

为宝俭主人制壶

张廷济《桂馨堂集·顺安诗草》卷五《时少山砂壶为蔡少峰赋》："我有汉方壶一柄，吴（兔床山人）陈（仲鱼征君）徐（雪庐孝廉）沈（竹岑广文）留清咏。语儿城中喜再逢，一十二字笔同劲。虑尺量二寸崇，腹围九寸中丰隆。年纪辛丑年正老，（款云辛丑秋日，是顺治十八年，时年已老。）粗沙斑斑谁磨砻。大宁堂与宝俭堂，（敝藏者是大宁堂款，此云为宝俭主人制，盖亦堂名也。）两地茶余联午梦。"

张大复旧藏壶

张大复《梅花草堂集》卷三《洞山茶》："王祖玉贻一时大彬壶，平平耳。而四维上下虚空，色色可人意。今日盛洞山茶酌已饮倩郎，问：'此茶何似？'答曰：'似时彬壶。'予辗然洗盏，更酌饮之。"

潘伯英旧藏四壶（四件）

刘汝醴、吴山《宜兴紫砂文化史·万历间的三大家和别派艺人》："潘伯英藏大彬四壶，故有'四时佳兴与人同'句。"

跋 一

潘持平　紫砂研究员级高级工艺美术师
著名紫砂评论家
著名紫砂鉴赏家

　　陈君圣泓以"张廷济旧藏时大彬汉方壶拓本题咏册"为契入点，上索下探，研究时大彬其人其艺，搜索资料广泛，多方考据论证。尤其是道出自己的观点，而非囫囵吞枣，成《"千载一时"——时大彬汉方壶拓本题咏册考》一书，乃是文人参与宜兴紫砂研究的可贵之例，起到对研究的推动作用，着实可嘉。

　　我与陈君第一次见面在丁山，时在1995年，未曾有深入的交谈。一晃一十三年，2008年12月23日晚，在广州崔莉臻女士的饭局上，我们再次见面，我们谈论起2008年初在宜兴陶瓷博物馆展出的他的三件藏品，一件是顾景舟制墨绿泥仿鼓如意；第二件是蒋蓉制作并由程十发题刻的"清梦"枕，也是墨绿泥做的；另一件就是《"千载一时"——时大彬汉方壶拓本题咏册》。这次交谈非常尽兴，也使我对陈圣泓君的收藏境界有所感悟。2010年10月18日，陈君来寒舍，告诉我题咏册已完成考据，在做出版前的准备工作，邀我为该书作跋，我为陈君深入研究紫砂历史文化的精神所感动，欣然承允，也算是瞎子不怕老虎吧。

　　陈君作此研究，我想必有原因，我估摸：一，陈君富收藏，尤其陈曼生字画，当然也有紫砂壶；二，造园艺术与紫砂器同属造型艺术，都讲究对称、协调、节奏；三，乡情难舍难割，更爱家乡的紫砂艺术，并由爱上升为责任。

　　我自十四岁踏入紫砂圈，至今已逾五十年。由于受到顾景舟先生的影响和指导，对紫砂史的研究和传器的鉴赏，也算有那么一点心得。对时大彬的认识，也是近十年的事。以前只是从文字及图片上的了解，实质上是较为模糊，属人云亦云而已。

有大彬款识的传器，虽不算多，但也不是凤毛麟角。扬州博物馆藏六方壶、漳浦博物馆藏三足盖圆壶、无锡锡山文管会藏柿蒂纹三足圆壶，均出自墓葬，考据详实，是公认的真品。

我个人认为，这三件器物亦可以作为时大彬一生壶艺的阶段性标准器。借此作跋的机会，谈一些我的观点，作为此书的补充。

研究时大彬，以前都是依据《阳羡茗壶系》。而后的《阳羡名陶录》《茗壶图录》《阳羡砂壶图考》等，都是以茗壶系为基调，加以充实的。近几年才有徐应雷《书时大彬事》被发现，提供了一份毫无夸张成分的资料，活脱脱的一幅时大彬的素描画。

据香港梁绍杰教授考证：徐应雷撰此文时，客居宜兴，为告归吏部侍郎徐显卿西宾。据阮升基修、宁楷纂嘉庆增修《宜兴县旧志》，徐显卿原籍苏州，"以弟显宰死非命，仇不共国，徙居宜兴"。徐显卿于明穆宗隆庆二年（1568）进士，万历十五年（1587）累迁至吏部右侍郎。请告归里时间不详，卒于明神宗万历三十年，可缘此推至徐应雷此文最早撰于万历十六年，最晚于万历三十年。

时大彬砂壶此时已"其价甚贵"，"虽以重价投之，不应。且购者甚众，四方缙绅往往寓书县令，必取之"。纵观紫砂史，尚未知有比他傲者。享此盛名，应该不会是年轻之辈，少说也得四十开外了吧。结合漳浦卢维桢卒于万历三十八年（1610）、无锡华师伊卒于万历四十七年（1619）二墓出土砂壶推论，陈君在书中指出：张廷济《时少山砂壶为蔡少峰赋》诗中，"年纪辛丑年正老（款云辛丑秋日是顺治十八年时年已老）"，是错误的推断。同时认为蔡少峰所藏宝俭堂壶的落款"辛丑"，当前推六十年，乃指万历二十九年（1601），而非顺治十八年（1661）是符合逻辑的。

周高起著《阳羡茗壶系》，时在甲申年（1644）五月至乙酉（1645）

闰六月之间。理由很简单很清楚，书中写道"沈君用，名士良……甲申四月夭。"而周高起则在次年乙酉闰六月被乱兵所害，所以《阳羡茗壶系》成书，只能在这一时间段。且书中"大家""名家""雅流""神品"列举一十三人，唯邵文金条目见"今尚寿"。若尚有他人健在，周高起能这么写吗？可以解读成包括时大彬在内的一十二人，此时都已作古。

《阳羡茗壶系》中说时大彬"初自仿供春得手，喜作大壶，后游娄东，闻陈眉公与琅琊、太原诸公品茶施茶之论，乃作小壶"。我从中读出，由于文人的参与，对时大彬壶的器型及技艺，都起到极大的变革推动。而陈眉公的品茶施茶之论，见《茶话》一文："品茶，一人得神，二人得趣，三人得味，七八人是名施茶。"而《茶话》一文的撰写时间，似应在1595年前后。（见浙江摄影出版社出版《中国古代茶叶全书》第224页）与徐应雷《书时大彬事》"有客示以时大彬罍，甚小，而其价甚贵"，在时间上是相吻合的。都足以说明时大彬此时已作小壶。至于时大彬做小壶是否是受到陈眉公"品茶施茶"论影响，还是顺应茶道发展的需要，有待探究。但是，在紫砂发展的过程中，由于文人的参与，就会出现变革和繁荣，这是无疑的。

以下我从紫砂专业的角度，谈一点看法。

一、碙砂：《茗壶系》说时大彬"或淘土，或杂碙砂"。碙砂是什么？现在都理解为"调砂""铺砂"并依此作为鉴定条件之一。在宜兴方言中："碙"、"岗"、"钢"、"缸"，都是一个发音。我曾询问过周边是否有叫岗山的地名，没有。如果是金刚砂，显然当时尚不具备条件。把缸的残片捣碎成熟粉掺入泥中，《砂壶图考》有此引述。加入熟粉主要是为了抗变形。上世纪九十年代，紫砂厂及后来的练泥坊，亦曾用过此法，把经粉碎的熟料，过筛后掺入泥中，确能增强抗变形。但我质疑时大彬用过此法。查阅《辞源》碙字条目，只见地名一说："碙洲，即碙洲岛，在广东雷州湾外东海岛东南海中。"倒是硇字条目：《广雅》做"淘"，俗作"硇"，讹作"碙""碙"。硇砂：矿物名，供药用。（见商务印书馆1981年《辞源》修订本第1220、1218页）中医外科有硇砂膏，且有白硇、紫硇之分，我推论硇砂之说，是周高起见泥中所含云母，以为是硇砂，又讹为硇砂之故。

二、解读三把大彬壶：三生有幸，亦是机缘，六方壶曾在南京博物馆隔着玻璃看过，应该是时大彬的早期作品。《书时大彬事》："余问纯父，渠何以淫巧索高价若此？纯父曰：是渠世业，渠偶然能精之耳，初无他淫巧，渠故不索价。"我在多年前曾读过一份资料，记得内有这样的论述，大意是"六方壶底角直径11公分，误差最大半公分"。以制壶的要求衡量，这已经是相当于大误差了。"初无他淫巧，渠故不索价"的早期作品，并非官员或富绅的"民人曹文良"能有此壶，也就顺理成章，不足为奇了。且六方壶用泥与三足盖圆壶、柿蒂纹三足圆壶的用泥也有区别。

2006年10月4日，我与几位同好曾仔细品读柿蒂纹三足圆壶一个多小时，2007年5月22日、9月28日曾两次在漳浦博物馆仔细品读三足盖圆壶。两把壶用的泥料基本相似，均可见十分明显的黄色砂粒，尤其是柿蒂纹三足圆壶，除黄色砂粒外，还能看见少量红色和绿色的砂粒。若是人为只能添加一种砂粒，而非多种。泥中砂粒乃泥中天生，或叫并非最清纯的紫泥（这种泥现在还有），因练泥的方法与以后的方法不同，才产生视觉和触觉上粗砂的效果，在明代就有"粗砂细做"之说。但三足盖圆壶特别欠火，以致颜色、质感与柿蒂纹三足圆壶的差别也较明显。按成型工艺来分析，三足盖圆壶的制作时间晚于六方壶，而早于柿蒂纹三足圆壶。理由：二壶相比较。一、三足盖圆壶的壶身与壶底的粘接部位在壶身的下腹部，而非圈足部位；二、壶身泥条的接缝尚未利用粘接壶把来掩盖。以上两点说明"时悟其法"（周容《宜兴瓷壶记》）此时尚在悟的过程中，但柿蒂纹三足圆壶已得到部分提升。至时大彬晚期，紫砂成型工艺已经完善，并以致沿袭到现在；三、三足盖圆壶的功能设计，是我所见过的紫砂壶中的另类。茶壶的盖就是茶盅，所以盖上无孔。三足在盖顶，是取三足平稳、端拿方便。盖唇（俗称支口）已磨过，为此我请教漳浦博物馆王文径馆长，王馆长告诉我："出土时就这样，我们怎么敢磨。出土时壶中装有满满一壶茶叶。"（属炒青）不由使人联想，这是卢维桢特意定制之器，可见其对紫砂挚爱之意。

三、"竹刀"之误。自《阳羡茗壶系》提出"用竹刀画之",而下皆引用此说。我认为是周高起见陶刻者手握竹管的钢刀（只露出些许刀头，握刀手势与毛笔同）以为是竹刀而记之。见大彬款识皆干脆利落，且多属壶坯未完全脱水时所镌，岂是竹刀能刻划出来的效果？很简单，做一个实验，取一片竹子，或竹青或竹簧，磨成刀状，在橡皮泥或泥土上试试就知道，"竹刀"之说是否成立。

在紫砂史上，时大彬绝对是一个天才。"龚时遗法传到今，千载一时不为过"。三足盖圆壶、柿蒂纹三足圆壶，仿制者甚多，又有几人能得大彬神韵七八分。

"茶注宜小，不宜甚大。小则香气氤氲，大则易于散漫。大约及半升，是为适可。独自斟酌，愈小愈佳"。（许次纾《茶疏》）时大彬汉方壶按所示尺寸，估计容量在320毫升左右，比上述二壶略小。当都属当时的小壶之列。

陈君圣泓，高价拍得《千载一时——时大彬汉方壶拓本题咏册》，并深入研究考证紫砂文化的精髓，这种执着的精神值得学习。这本书对于研究紫砂史，了解文人参与的作用及传器的考证鉴赏，都是极好的教科书。

本是承允作跋，岂料偏离了跋的要求，啰啰唆唆地谈了一些自己的观点，算是借此平台作一探讨吧。

跋　二

崔莉臻　　山泽居主人
　　　　　紫砂评论人

有明一代，艺术诸多门类，均趋罕与伦比。嗣后数百年间，雄据史乘者代不乏人，然堪称包容涵盖、屈指可数者亦寥若晨星。此中唯紫砂之艺，超然出尘者有时大彬焉。其大彬壶，深涵传统文化，殊称登峰造极矣。

嘉和居圣泓先生家藏《千载一时——时大彬汉方壶拓本题咏册》，乃清代张廷济旧藏。两百年辗转流离，几度易手，时于丁亥仲秋西泠竞拍，缘至南粤嘉和居。吴骞题图册首"千载一时"，内为张上林制大彬汉方壶拓片一帧，后集张廷济、吴骞、陈鳣众名士诗文题跋手迹。文人咏壶寄情，一诗一文俱出风雅，时壶之重，可谓超然物外之真趣也。

圣泓先生好壶有因，乃江苏宜兴人氏，其博雅好古，精于赏鉴，尤富历代法书名画、古籍善本收藏。嘉和居珍逾拱璧，可谓由来有自也。孔子曰：知之者不如好之者，好之者不如乐之者。知、好可为通理旁观，乐非矣，乐，耽乐也，思之辨之，沉迷其中。余通读《册考》，是篇尽其追本溯源，繁引考证。圣泓先生与古人同心，知乐者乐在其中是也。千载一时，一时千载，笔底千秋，参乎造化者也。兴怀所至，辛卯初春有感并后记之。

跋　三　金立言　中国嘉德国际拍卖有限公司古代紫砂部负责人

　　初次接触嘉和居主人陈圣泓先生是在中国嘉德公司的拍卖会上，2007年秋，我刚从日本庆应大学留学回国，在瓷器部忙着写图录，办预展，迎来送往。此场拍卖中，有出自湖州南浔旧家所藏紫砂壶一持，造型为曼生壶式之一的半瓜形，温文尔雅。通身刻梅花，疏朗有致，文气盎然。底印"杨彭年摹古石泉品定"，殊为难得。拍卖进行到此时，竞争激烈，陈先生慧眼识珠，终归其所有。自此，我认识了嘉和居主人。

　　2008年秋，同事陈林林先生组织了"至味涵硕紫玉金砂"拍卖，以专场拍卖形式推出了现当代紫砂壶，标新立异，取得了圆满成绩。再接再厉，次年春，公司推出"紫泥菁英——紫砂古器遗珍"专场，同样成绩喜人。这次，日本回流的清早期许龙文制紫泥方壶再次被陈先生纳入囊中。许龙文系时大彬再传弟子，此壶著录于《茗壶图录》，奥玄宝称其为"方山逸士"，饶有意趣。此后，我和嘉和居主人多有交流。

　　在广州圣泓先生家中，我欣赏到了清代重器之一的"行有恒堂"款诗文壶，出自唐云先生收藏。此壶也是高价竞拍而来，嘉和居主人性情中人，闲对茶壶忆古人，将之清洗一新，泡茶自乐。畅谈之下，获益良多，发现圣泓先生不仅雅好鉴赏，更以学究态度搜集相关资料用于研究。所藏包括曼生的书法，治印，明清民国时期的文房诸器等等。不用说，圣泓先生和我谈的最多的当然就是本书收录的吴骞题签"千载一时"汉方壶拓本题咏册。

　　近年以来，从台湾，日本等地回流的宜兴古壶数量颇多，其中不乏流传有绪的名品佳作。日复一日，我和同道之士也在努力组织"紫泥清心——宜陶古器遗珍"定期专场拍卖。我感到，人们当今越来越重视本土文化，拍卖下来，德化窑道释人物被福建买去，石湾窑公仔像又回到了广州，而紫砂古器也多被宜兴的有识之士请回故里。这是令人欣喜的事情。嘉和居主人心系家乡，倾心把玩鉴赏美器，传承紫砂文化。在此书出版之际，我衷心祝愿圣泓先生在收藏和研究的两方面都能有更多更大的收获！我生也晚，作为壶迷之一，聊赘数言，附大师之骥尾。